输一回吧，姑娘

绒绒 ◎ 著

Let it go, girl !

北方联合出版传媒（集团）股份有限公司

万卷出版公司

ⓒ　绒绒　2016

图书在版编目（CIP）数据

输一回吧，姑娘 / 绒绒著 . — 沈阳：万卷出版公司，
2016.5（2018.4 重印）
　　ISBN 978-7-5470-4118-5

　　Ⅰ . ①输… Ⅱ . ①绒… Ⅲ . ①故事 - 作品集 - 中国 - 当
代 Ⅳ . ① I247.8

中国版本图书馆 CIP 数据核字（2016）第 045720 号

出版发行：北方联合出版传媒（集团）股份有限公司
　　　　　万卷出版公司
　　　　　（地址：沈阳市和平区十一纬路 25 号　邮编：110003）
印　刷　者：辽宁泰阳广告彩色印刷有限公司
经　销　者：全国新华书店
幅面尺寸：145mm × 210mm
字　　数：210 千字
印　　张：8.75
出版时间：2016 年 5 月第 1 版
印刷时间：2018 年 4 月第 4 次印刷
责任编辑：胡　利
特约编辑：张鸿艳
版式设计：展　志
封面设计：展　志
责任校对：侯俊华
ISBN 978-7-5470-4118-5
定　　价：35.00 元

联系电话：024-23284090
邮购热线：024-23284050
传　　真：024-23284521
E－m a i l：wanrongbook@163.com
网　　址：http://www.chinavpc.com

我们曾经在陌生的严寒中抱团取暖，在同样的十字路口徘徊

走失。在这座陌生又熟悉的城市里，我们都是彼此失散的亲人。

走的路多了，也就成了一个流浪者，一路捡一路抛，经历着痛苦的辛酸的绝望的，也许是美好的一切。

其实爱情就是一只鬼，需要你把它默默地放在心里。

听说，或遇见，都没有心里感觉到的真切。

我们都会成为懂得爱情的人.

在那以后. 原谅自己.

原谅曾经不懂爱的自己.

长路漫漫已够艰难，所以我们要给自己幸福啊。

感情这东西，摸不准猜不透，可以憧憬不能追逐，可以渴望不能苛求。爱情不如意，十有八九。如意的那一个，在你做好自己的路上。

再幼稚或伟大的梦想，被骨感的现实扼住喉咙的时候都显得苍白无力。路，是一步一步走出来，不能飞了的。

我们曾经在慌乱的年头里散落在天涯边。但我们
永远会记得有一年冬天里没有暖气，我们围坐在翻
滚沸腾的火锅旁，空气湿漉又温暖，我们相亲又相爱。

目录

序 / 并不沉默的在场

我们身边有很多人，习惯去寻找一个自认为值得托付的议程，然后把自己的态度和视野埋没在这议程带来的沸反盈天的喧嚣后面。这个状态往往让人感到舒适和安全。

自此，一个人的悲喜、时间、表达甚至在场及其意义都变得格式化了，议程的制定者与受体之间总有心照不宣的默契，当它向你穷喊倾泻愤怒，我们就必须恐惧；当它温顺地对你娓娓道来一个凄婉的故事，我们就要第一时间调度自己的情绪，甚至用眼泪去配合。

我们会在社交圈和周身的他人校准其中节奏，表示我们都在按照一种心照不宣的逻辑在面对这个似乎没有什么更好方式去面对的世界。

我翻看过去的一年里自己在各种社交媒体留下的印记，常常会跳出来揣度写就这些碎片时自身的心态。当展示的欲望过于强烈，那个瞬间就会登时变得火光撩人，仿佛小狗需要用尿液的气味宣誓自己在某地的控制权那般。

时常有种错觉，今时繁荣而寂寞的朋友圈就像城乡际会处间歇的市集，我们乐于在其中沟通、游乐，展示自己的商品或精明，挑选所需的物品或被挑选，看疯狂的城管执法精神病小贩，也偶尔会在寂寥时看看我们自己。

我放下今年秋天漫山遍野的收成，此刻它们正躺在我的农用车车斗里，然后掏出手机，打开社交软件一点点地看：我看邻村寡妇如我一般在这一年春种夏耕秋收冬闲，我看我自己周而复始，昨天今天如两道年轮般缱绻……我终于在某个瞬间失去了在场的快感，因为我没办法证明，这些被陈列出的情绪和瞬间到底是符号还是值得被触碰的体验或灵魂。

我们经常需要面对的悲哀，往往不是遗忘，而是在大伙儿默认的这种群威群胆消耗人生的狂欢里，每一个个体都不会拥有真正属于自身的印记，甚至，连相互打量的兴趣都没有。意义无法持续，不论是在庆祝、抗议、歌颂、诅谤任何一种状态下，它从不以记忆的方式出现，也从不以记忆的方式存留，在即时的欢乐中也就即时地完结了。

绒绒经常在自己的社交圈晒一些动物的照片，我默认这一型的姑娘是有治疗愿望的，翻完这本书，想想有时候她并不擅长言辞的样子，实际上她于彼时已在观察。在这些字写刻的时间里，她完成了南下北上求学就业之间的穿梭，一笔一笔，不温不火。

或许与她曾经的媒体生涯有关，绒绒试图与每一个要去记录的人对话，而不是叫他们跳支舞，然后根据舞步和节奏作一个看似欢快却又似是而非的结论。如果有天说起，2000 年以后逐渐长大的年轻人是什么样儿，她的字或许可以成为一个很好的佐证。

写这个序的时候，我忽而又觉得她这些字有季节性，最好春秋天看，冷可以保暖，暖可以散热，两相适宜。有些瞬间我会觉得，高歌与低吟都最终会归于平静，沉默的在场不坏，但更美好的，是绒绒这样并不沉默的在场，然而，她所经历的也绝不是某种狂欢。

邓 飞

2016.1.26

邓飞：著名媒体人，微博打拐、免费午餐发起人，出版图书《柔软改变中国》。

你好，三十岁

在三十岁以前，无论从哪个层面上来讲，安安都不觉得自己跻身在大龄女青年的行列，直到她的三十岁生日那一天——

安安应该是我认识的女孩里最漂亮的。身材瘦高，头发很长，皮肤略黑，胸……很大，几乎符合中欧非三个种族的审美标准。在报社做记者，工作起来像个男孩子般拼命。

安安有个比较头疼的事：家里有个已婚的姐姐；前年的时候，比她小的弟弟结婚了；去年的时候，比她小的妹妹也结婚了；同年，弟弟的孩子已经一岁大了。

安安妈妈说：你就别那么特立独行了，结了吧。

安安觉得结婚这事，也不是不行。

她有一个完美的男朋友叫长江，个子高，人长得帅，挣的不算多吧，但家里有钱。当我们还在为哪边的房子租起来既便宜又方便的时候，长江已经心安理得地住在父母给他买的大房子里面，考虑明天该换一部什么样的车。

崩溃的是，在安安三十岁生日那一天，安安的男朋友长江对她说：我们分手吧。

安安半天才反应过来，说：别闹了。

长江说：我没闹。

安安说：真的，你别闹了。

长江说：真的，我没闹。

安安带着哭腔：长江……你别闹了。

长江温柔地抓住安安的手，说：安安，你得坚强一点。你看，我们用了三年的时间看清楚我们不适合生活在一起，总比我们用三十年来证明要好。

安安反过来握住长江的手，哭得肩膀一颤一颤。

长江说：安安，你要找个比我更好的。安安，你别哭。

安安听了长江的话，把眼泪止住。

三年了，安安已经习惯了把长江的命令当作圣旨。

长江双手擦去安安脸上的泪痕，说：安安，再见。

安安笑着回答：长江，再见。

长江提着他的行李，从安安家里搬出去。

长江走到台阶下，安安跟出去。长江回过头，像是即将分别的老友，满脸留恋地冲安安摆摆手，一转身，消失在安安眼前。

只留下一阵空空荡荡的脚步声。

其实在安安心里，长江就是一座古老的钟，被搬出去之后再怎么清理，也会在地板上深深留下一道或深或浅的痕。这道痕，是安安的青春。

安安跟我们说起来分手这件事的时候，素颜，戴眼镜。这是我第一次见她素颜。

安安问我们：我该怎么办啊？

我反问她：长江为什么跟你分手啊？

安安说：可能我不够好吧。

我气愤地骂了句：他真瞎。

朋友们也跟着骂了句：他真瞎。

我们都说，安安真悲惨，在生日那一天，她和她的失恋一齐步入她的三十岁。

这一天，她不仅意识到自己是个大龄女青年，而且是剩的。

安安在分手的那天下午，一边哭一边开车到宠物市场给自己买了一条不算纯种的哈士奇。

年轻的贩狗老板要价八百。

安安哭着跟他还价：五百。

老板犹豫着问：小姑娘……你这是……

安安依然在哭：五百。

老板说：好。

安安给它取名叫黄河。

我说这什么烂名字啊，比长江还浑。

傍晚的时候安安妈打来电话。

生日快乐，女儿。妈妈的声音太亲切，安安一下就哭了。

妈妈问：女儿，你怎么了？

安安说：没事，妈。太感动了，你每年都是发信息，这次是打电话。

妈妈说：女儿，今年不一样。今年你三十岁了。

安安说：妈，你提醒我这个干吗？

妈妈小心地问：女儿，今年……你能结婚吧？

安安回答：能。妈，我能。

挂了电话，安安浑浑噩噩睡了一天，也许是两天。安安醒来的时候是一个中午。她习惯性地把手伸向长江的位置，摸到一团毛茸茸的，啊，黄河。

黄河生病了，在被子的角落里，黄河拉了一片黄水。

安安给我打电话。

我说：你给我电话有什么用？去找卖你狗的黑心老板。肯定卖你一条病狗。于是，安安抱着黄河找到老板。

你卖我的是什么狗？安安质问。

老板问了状况。

要么退钱，要么我帮你养半个月。老板说。

安安问：半个月？

老板保证：半个月，准好。

安安伸出手，想要回她的五百块。

黄河别过头，温柔地舔了安安一口。

安安心一软，说：半个月就半个月。我会……每天都来看它。

老板说：不用……我住三号楼……

安安终于意识到，在她的生存空间里，除了自己住的一号楼以外，还有二号楼、三号楼、四号楼……曾经的长江和工作、工作和长江，终于变成了黄河和"三号楼"、"三号楼"和黄河。

过了一个星期，安安提前下班，发现"三号楼"带着黄河在楼下散步。

安安上前问：黄河好了？

"三号楼"挠挠头：没有啊，没有。

安安问：那你怎么带它到处跑？

"三号楼"比画着回答：黄河需要阳光、空气，还有……

安安问：还有什么？

"三号楼"说：还有母狗。

安安有些生气：你把黄河还给我吧。

"三号楼"说：不行。

安安问：为什么？

"三号楼"说：因为它还没好。

安安抱起黄河：那也是你卖病狗给我！

黄河果然晚上又病了，趴在安安腿上发抖。

安安吓得抱着黄河去三号楼。

可是，三号楼的哪一户呢？

安安于是从一层敲到七层。

每一个开门的人都睡眼惺忪，急赤白脸。安安一路敲门一路道歉。

终于到了第八层，开门的人就是"三号楼"。

我的狗，生病了，安安说。

"三号楼"的家里暖气十足，他穿着短裤背心，说：你等下，我换件衣服。

安安抱着黄河挤进去：别换了。

"三号楼"拽拽衣服，红着脸说：哦。

"三号楼"把黄河带到房间里去打针。

安安看见桌上放着兽医师执业证。"三号楼"，原来叫郑昊。

你还是兽医？安安问。

"三号楼"给黄河打完针出来。

对啊。

安安问：你怎么不早告诉我？

"三号楼"说：你也没早问我啊。

安安耸耸肩。

"三号楼"递给安安一张毯子：你给黄河晚上睡这条毯子，别再……和它一起睡了。

安安问：你怎么知道我和它一起睡？

"三号楼"说：因为……上次它拉到你身上……你很臭。

安安一愣。

两个人都笑了。

"三号楼"给黄河添了点狗粮。

我能问问，你为什么给它起名叫黄河吗？他问。

安安说：因为我爱长江啊。

那我能问问，你那次为什么哭吗？他问。

安安回答：还是因为我爱长江啊。

"三号楼"小声嘀咕：那看来你确实很爱长江。

安安很认真地说：我希望，他有一天会回过头来，我就在我的三十岁这一年等他。他曾经说过，我生日这一天会送给我一条狗，代替他不在我身边的时候陪着我。我相信只要有黄河，长江就会回来。

"三号楼"说：原来你今年三十岁啊！

哎，"三号楼"！

安安抱起黄河。

我们走喽！

"三号楼"起身，小心夺回黄河，回答：它还不可以走，要留院观察。那么，再见，"三十岁"！

三十岁这一年，除了长江的离开，好像老天格外优待安安。

她拥有了黄河，她的作品获得了中国新闻奖二等奖，她的主任告诉她，如果顺利，过了这半年，就可以升她做主编。

可是，安安说：我多希望可以用我这一切的顺利，换回长江。

"三号楼"给黄河洗着澡。

这半年，"三号楼"给黄河洗了无数次澡。

长江，他有那么好吗？"三号楼"问。

安安点点头，说：有。

"三号楼"问他：怎么个好法？

安安说：好到让我做什么都心甘情愿。

"三号楼"说：那不是他好，是你好。

安安说：我没有他好。

"三号楼"说：他没有你好。

安安说：你并不了解他。

"三号楼"说：是他并不了解你。

安安说：你不要再说了。无论你说什么，无论别人说什么，只要他回来……

"三号楼"把黄河抱出来。

黄河使劲抖，抖了安安一身水。

这一年的冬天，在离别后的十个月，安安终于等来了长江的消息。

长江说：安安，十个月，你每天给我发黄河的图片。你……不累吗？

安安说：我不累。我想告诉你，我在守着我们的约定，从来没有背弃。

长江说：安安，你让我好好想想。

安安带着黄河去三号楼洗澡。

安安很兴奋地告诉"三号楼"：长江说，他再好好想想。

"三号楼"问：想什么？想抛弃你第二次的借口？

安安蹲在水盆前，用力把毛巾扔到水里，溅了自己一脸水。

"三号楼"站起来，转身回到房间。

他回来的时候，手里多了一个信封。

给你，"三号楼"说。

安安说：我不要。

"三号楼"说：你不看看是什么吗？

安安犹豫着抹了一把脸，接过信封。

是五百块钱。

这钱，还给你，你把黄河还给我，"三号楼"说。

安安愤然：你放屁！

"三号楼"继续哼着小曲给黄河洗澡。

安安把信封扔到地上，转身要走。

你等等，"三号楼"说。

安安停下来。

"三号楼"擦干手，把信封捡起来塞给安安，说：你也想想，你每天给长江发照片，长江认识黄河，可黄河，它不认识长江。黄河它……不一定会喜欢这样的人。

安安转过身：你以为黄河会喜欢什么样的人？

"三号楼"一脸认真：兽医，黄河喜欢兽医。

安安说：郑昊，我三十岁了。今年我一定要嫁出去。我嫁给一个我爱了三年的男人，总比嫁给一个认识三个月毫无感情的人好。你说，对吗？

"三号楼"说：结婚，我也可以。

安安摔门出去。

十个月前，长江和安安分手是在一个冬天。现在……很快又到冬天了。

安安给我打了电话，在电话里，安安哭了。

我说：安安，你别哭。

安安说：我不知道该怎么办……

我说：安安，十个月前你也说不知道该怎么办。

安安说：可是我现在还是不知道该怎么办。

我说：安安，我给你打个比方……你听完千万别杀人。

安安说：你说。

我说：安安，你以前就是吃了一坨屎，十个月也该把自己漱干净了。我很不理解的是，你还想再吃一坨？而且是同一坨？

电话对面沉默了半天。

最后安安说：你滚蛋。

安安把黄河接到我家里住了半个月。她说要给自己放半个月的假，让自己想清楚，到底要不要回去接着吃那坨屎。

半个月后，在黄河还没完全把我家拆掉的时候，安安回来了，又黑了一圈，但是精神很不错。

她主动给长江打电话。

长江接到电话很兴奋，说：安安，我想回家。

安安说：长江，没有家了。

长江说：安安……

安安说：长江，你知道吗？我曾经不知道我们的家是一号楼。可是你走了以后，我知道一号楼，还有二号楼和三号楼……

长江打断她：安安……我可以回家吗？

安安说：长江……"三号楼"说得对，我每天把黄河的照片发给你，可是我忘记把你的照片发给黄河。我该……怎么办？

长江说：安安……你别哭。

安安说：长江，让我好好哭一次吧。这一次你好像不能再命令我了。

　　三号楼，八层。

　　安安拿着信封敲门。

　　"三号楼"开门。

　　安安微笑着把信封递过去：把狗钱还你。

　　"三号楼"打开信封，里面是二百五十块钱。

　　安安问：你愿不愿意从今以后，和我一起养……和我一起养……那条狗。

　　"三号楼"微笑：好啊，"三十岁"。

少年

如花盛开

猛哥不让我用花来形容他。他说花不是都用来形容姑娘嘛！

　　猛哥终日灰头土脸，干的是烟熏火燎的活儿。三十岁冒头的人已经出现了谢顶的征兆，他索性给自己理了个光头。理发的推子是在网上买的，几十块钱，基本可以用一辈子。

　　天还没黑，在他的小烧烤摊前，只有一桌客人，点了份花生米和拍黄瓜。

　　烧烤摊里还有一个干活儿的人，叫大风。大风给客人送完凉菜，把羊肉从保鲜箱里提出来一大把，一股脑儿放在烤炉上。大风有些跛，一跑起来，脚跛得更厉害了。

　　猛哥把一面镜子立在面前的椅子上，头埋得低低的。推子急躁地在猛哥的头上行走着，发出"嗡嗡"的声音。

　　大风的羊肉被木炭烤得直冒青烟，羊油被烤出来滴到被烧红的木炭上，"滋滋"作响。大风脑门儿上的汗珠不住流下来。

　　猛哥把最后一撮头发给剃下来，脑袋按在水盆里涮了两下，冲大风喊：放盐放盐！每次都不放盐。

　　天渐渐黑下来，晚上没有月亮，城市的灯光打到烧烤摊子上，炭火肆意地燃烧，把烧烤摊烤得跟白天一样明亮。

　　客人渐渐多起来，涌向烟雾缭绕的烧烤摊。

　　大风用跛的那一只脚踹了猛哥一脚：干活儿去！

　　猛哥低头哈腰把满是头发楂子的水往路上一泼，屁颠儿屁颠儿跑到烤炉前张罗起来。

这是一家十分有魅力的烧烤摊。几十平方米的地方，密密麻麻摆了八张桌子，整个店里只有老板大风和资深烤串师傅猛哥俩人。

猛哥烤串的水平不见得好到哪里，可是往往满座的时候，客人宁愿在炉子旁边听鬼话连篇的猛哥吹牛等位，也不愿意到一旁站着一排啤酒小妹的大烧烤店里。

他有一票女粉丝，她们愿意听猛哥说他自己在济南有房、有车、有卡，就差个姑娘。

她们说猛哥是烧烤界的吴彦祖，不说话的时候很有型，一说话马上就变成周星驰了。

猛哥吹牛的时候声音大且有力，喷出的口水一滴也不浪费，全部溅落到羊肉串上，猛哥再抖动着一胳臂的肌肉，撒上辣椒粉和孜然粉，别有一番风味在里面。

我给它们起了一个很别致的名字：猛哥口水羊肉。

所以我从来不在猛哥吹牛的时候吃羊肉串，想吃羊肉串的时候，就在他的嘴上戴一只大大的口罩。

据说，猛哥特别能打，一米八的个子只有一百四十斤，一人撂倒两个二百斤的大汉没什么问题。

大风刚开烧烤摊的时候猛哥就跟着他，那会儿常常会有喝醉酒的人撒泼打滚不给钱。猛哥把羊肉串往盆子里一扔，抡起拳头就开打。

有的人被打跑了，有的人被打趴下了。

被打跑的不会再回来，被打趴下的索性腿一横，躺在地上呼呼大睡，冒着鼻涕泡打着呼噜。大风和猛哥两人相视无语，抬起醉汉，往烧烤店屋里的床上一扔，盖上毯子开了风扇。

后来醉汉经常来光顾猛哥的烧烤店，再喝多了撒泼时，猛哥也不抡拳头了，直接按地上，抬到店里的床上。

我没见过猛哥打架，不知道他打架的时候有多威猛帅气。

也许他会嘶吼一声，扯掉身上的 T 恤，露出坚实的胸膛，浑身上下都是肌肉，连眼皮上的肉都比别人的要结实一些。身上被击中两拳的时候连眉头也不眨一下，用厚壮有力的手掌抹一把他的光头，露出一瞥诡异的微笑，在你浑然不觉的情况下把你一下撂倒。

整个动作一气呵成，漂亮得像香港片里警察抓匪徒的桥段。

只可惜，这些我都没见过。

猛哥的威猛只是传说。我 2012 年的夏天认识他的时候，他每天都神经兮兮地跟顾客推销他的保健品会员。交三千八就可以入会，六千八变成银牌会员，一万零八百变成金牌会员，还有钻石级，骨灰级……入了会的人见不到产品，但拥有了推荐会员的资格，靠会员入会的级别拿提成。

有的人月赚三五万，有的人都开上宝马了，有的人都住上别墅了，越说越离奇，越讲越霸道。

猛哥讲得唾沫横飞，口水喷到了羊肉串上。木炭烧出来的浓烟顺着喉咙和鼻腔灌到猛哥的肺里，他佝偻着腰不住地咳嗽。

站在烧烤炉旁的姑娘们上前用纸巾遮住羊肉串：喷出血我们可不要了哦！

那时候的猛哥还没剃成光头，留着颇为时尚的发型，前面长后面短，烤串的时候把前面的头发扯到后面扎成一羊角辫。

由于推销不出去他的保健品，猛哥愁得头发一掉一大把。也因为猛哥吹牛吹得少了，见天儿推销，一部分客人拒绝再次光顾大风的烧烤店。

我以为大风会把不务正业的猛哥开掉，可是并没有。

有的时候，猛哥跟客人正讲到兴头上，挥着羊肉串签子，在天空画了一个巨型的圆圈，说谁谁谁已经挣到了这么多钱。

大风用跛脚狠狠地踹猛哥一脚：去，回屋歇着去！

猛哥表示不服，仍然卖力地游说着意兴阑珊的客人。

大风再踹他一脚：滚！

两人怒目而对。大风一米六八，生得一身肥肉。猛哥一米八，健壮挺拔。

我以为猛哥被踹两脚以后，会抡起他的拳头，给大家展示一下他打架时候的威猛气质。可是他没有。

几秒钟以后，猛哥灰溜溜地滚回屋里。

大风一个人应付三四桌客人，有时候是六七桌。被烤得大汗淋漓的大风，一把抓起被汗湿透的白色汗衫，扔到一旁。

大风踮着跛脚穿梭在几十平米的摊子之间，因为肥胖，丰满的胸部耷拉下来，随着浑身的肥肉一起抖动。

大风的烤肉技术不如猛哥，常常把羊肉串端出去，再被原封不动地送回来：你家羊肉不放盐呐？

有的时候，猛哥被大风赶走的时候并不回屋，拉过一个小马扎，将屁股往上一撅，龇出一副獠牙喝酒撸串，还不忘提醒大风：放盐放盐。

有的时候，小姑娘会凑上来，揪着猛哥的小辫子，问他：猛哥，大风一个月给你多少钱，可以成天踹你屁股？

大风把几串烤煳的羊肉串塞给猛哥：给他钱？管他吃管他住都是我发慈悲了！

到了秋天，济南所有的烧烤店都开始变得不如往常热闹。街上来往的行人过客，都穿上了风衣长衫，大风和猛哥依旧穿着短袖 T 恤，浅色的前襟被油渍浸染得看不清楚花色。

路灯准时在六点钟的一瞬间被全体点亮，逐渐黑下去的天色像有人划开了一根火柴，慢慢地、缓缓地又再次明亮起来。

整个夏天都过去了，吃羊肉串的人越来越少，猛哥的保健品会员一个都没推荐出去。"组织"再次找到他的时候，让猛哥交一千八百块钱参加培训。"组织"说了，产品好不好不重要，说得天花乱坠才能赚到钱、开上车、住上别墅。

猛哥一拳抡过去。

"组织"上的人被打跑后，陆续有亲朋好友来找猛哥。猛哥给他们每人烤一盘羊肉串，撒了大把辣椒粉。

他们是来要账的。猛哥因为入"组织"，整整交了一万零八百。没有钱，猛哥把亲朋好友的家里跑了个遍，有人借三百，有人借五百，最多的一个，借给了他三千。

猛哥人粗心不粗。他把借给他钱的人分成了三六九等，五百以下的是一等，五百到一千的是一等，凡是能借给他两千以上的，猛哥都把他们视作救命恩人。

借三百那个，过了一个星期就来要账了。猛哥给他端了一盘羊腰子，用筷子在盛着半杯啤酒的扎啤杯里使劲搅和，泡沫溢出来顺着杯子淌到猛哥手上。

猛哥把杯子用力往桌子上一搁：钱，真没有。

后来借给猛哥三千块的人也来了。那是一个辛苦开夜班出租车的人，穿一身被洗得发白的工装，一双皮革的凉鞋，破损的地方用针线整整齐齐缝了一个十字。他就坐在烧烤店的一张小方桌前，吃着猛哥给烤的羊肉串，被辣得泪流满面。

说起来，猛哥说自己有房、有车、有卡，不是吹的。房是租来的，车是辆破旧的二手摩托车，卡是一张快被刷爆的信用卡。

猛哥说：兄弟你放心，我明天去卖了车把钱还你。

大风从屋子里一跛一跛地走出来，手里拿了一张卡和一张纸条。

大风把卡放到桌子上推给猛哥，说：这里面有一万块钱，密码我写纸上了，把钱都还上吧。

猛哥推辞。

大风执意把卡塞到猛哥手里：说白了，你混到今天这份儿上，也怨我。

我们猜测猛哥应该是欠大风一大笔钱，至于数目是多少没人知道。猛哥在大风这里免费打工三年多，这卡里的一万块钱，是大风给他的唯一一笔工资。

为此，猛哥的生活贫困潦倒，从没有任何社交，不买新衣服，从不下馆子。猛哥付房租的钱是平时休假的时候打零工挣的，偶尔再厚着脸皮跟家里要一些。

退出了"组织"以后，猛哥特别爱上火，每次上火都抓头发，一抓就掉下来一大把。大风给猛哥在网上买了把推子,说:剃了吧,我见了你那辫子就想踹你。

没有头发的猛哥,散发出与扎辫子时完全不同的气质。有辫子的时候,猛哥像个浪荡江湖的民谣歌手;没头发的时候,我们可以清晰地看到猛哥的头上有一道疤,像一条难看的虫子,赤裸裸地趴在他的后脑勺上。猛哥说话的时候爱拍拍他的光头,像几年前他刚从号子里被放出来时一样。

猛哥蹲过号子,这是方圆几里烧烤界都公开的事实。但是因为什么,蹲了多久,谁也不知道。猛哥对于那一段铁窗岁月也是只字不提。

后来有一段日子我都没有去烤串店,再次见到大风和猛哥的时候,已经是 2013 年的夏天了。

那时候烧烤摊多了一个带着六七岁大孩子的女人。

我听猛哥叫她小如。小如长得很乖巧,身量纤纤,完全不像生过孩子的模样。

有的时候,小如带着孩子在烧烤摊简单地吃点东西,七八点的时候离开。猛哥穿一身干净的衬衫,望着小如的背影两眼放光。

有的时候,小如不带孩子过来,等到十一点或者十二点,等猛哥烤完他的羊肉串,帮着大风收拾好一切,搬回灯箱。猛哥把挽起的袖管放下来系好扣子,用毛巾擦了擦已经长出的头发楂,登上摩托,小如轻轻跳上后椅。

两个人随着摩托的声响，钻进漫无边际的黑夜里。

猛哥好像恋爱了。

恋爱以后的猛哥跟变了个人似的，收敛了很多，吹牛的时候完全没有了原来的套路和精气神儿。经常是吹牛吹到一半，小如一出现，猛哥立马住嘴。

小如唤大风为"疯子"，唤猛哥为"小猛"。大风和猛哥，一胖一高两个大老爷们儿，唯独在小巧瘦弱的小如面前唯唯诺诺，说话声大了都显得没有底气，像是猪八戒与孙悟空拜见观世音菩萨。

菩萨不爱说话，人少的时候大风和猛哥不让她干活儿，人多忙不过来的时候，她扎上围裙，开心地围着桌子跟着大风和猛哥一起忙活。

那一年的济南真热，越是热的时候，烧烤摊的生意就越火爆。人们流着汗水，喝着扎啤撸着串，男人们吹着牛，女人们听着男人吹牛。

男人吹出一个假想的世界。在那个世界里，男人有面子，女人有里子，女人永远是世界的里子。

在这个世界里，人们撸得热火朝天，大风拖着他一踮一踮的跛脚在炉子与桌子之间来回穿梭，猛哥立在炉火前，汗水从脑门儿上流下来形成一个瀑布。

猛哥喜欢这种感觉，他希望大风可以挣许许多多钱，然后把烧烤摊关了，回老家娶一房媳妇，过一份安安稳稳的日子。也许在未来的某一天，大风可以带着老婆孩子到一家很火爆的烧烤店里，喝上一扎啤酒，吃上几十串羊肉串。天黑透的时候，星星出来，大风微醉，搂着老婆和孩子走在通往家的小路上。

八月的一天，有人专程来烧烤店闹事。一个比猛哥还要高大的男人，嘴角有瘀青，身后带了两个凶神恶煞的人。

他们赶走了吃饭的客人，踢翻了大风的烧烤炉，并且像玉皇大帝一样发号施令：离开这里，否则见一次打一次。

猛哥紧紧攥着双手，小如拉着他的衣角，狠狠瞪着男人。

猛哥终于在我们面前大干了一场。他一拳抡在了左凶神的眼眶子上，右脚一抬，踢得右恶煞倒在地上，胳膊肘子扑到火炉里，空气中立刻散发出一股烤猪皮的焦臭味道。

男人趁乱窜到小如身边，一把抓住了她的头发。小如的头被扯得整个身体向后仰，她用指甲紧紧抠着男人的手臂。

猛哥和大风攥紧拳头，像两头发疯的猛兽一样扑上去。三个男人撕打在一起，空气中的尘土与炭灰渐渐浓郁起来。

小如立在一旁，浑身颤抖，眼睛里噙满泪水与仇恨。

后来在这场战斗中猛哥和大风都受了伤，也许被打得屁滚尿流、落荒而逃的男人伤得更重一些。但是最终孰胜孰败已经不重要了，一切都像是一场浩劫一样，风卷残云，天崩地裂。

带头闹事的男人是小如的前夫，这是他一个月以来第三次来踢大风和猛哥的摊子。小如的前夫终日以喝酒、打牌、打老婆为乐，即便是离了婚，他也不允许自己曾经的老婆对其他男人投怀送抱。

男人得不到的女人，也不能让另一个男人得到，这也许是天底下雄性的通病。

一地的火炭和玻璃碎片，火星子和青色的烟灰直往上蹿。谁也没去收拾，大风往依旧燃烧的炭上倒了水，然后腾出一张小桌，从地上捡起几串羊肉串，倒上啤酒，回屋盛了两盘花生。

大风说：这生意没法干了，我提前回老家吧。

小如靠在猛哥的肩头，不说话也不哭，眼睛盯着被大风浇熄的那一片炭。

猛哥的拳头终于松开了，满身都是汗。他一口喝下一大杯扎啤，说：去他大爷的！接着干！

烧烤摊足足关了半个月，门口的牌子上歪歪扭扭地写了几个大字：停业整顿。

再次开业的那天，我和几个常去的熟客都去了。吃了这么久猛哥的口水羊肉，都吃出感情来了。被猛哥揍过的醉汉跟烧烤摊感情最深，他说他平时喝多了回家，连他媳妇都不让他上床睡觉。

大风点起了火炉，给我们烤了一堆串。

猛哥坐在小马扎上，把头扬得很高。他冲着烧烤摊喊：别忘放盐！

大风烤好串，一跛一跛走过来，狠狠踹了猛哥一脚。

这次小如没来，猛哥放肆地畅饮起来，一大杯扎啤最多喝三口。最后喝得自己鼻尖通红，眼睛迷离。

猛哥喝醉后开始吹牛。这一吹，吹回了八年前，大风和猛哥，还是两朵如花盛开的美少年。

八年前的夏天，大风没这么胖，脚还没有跛。但是八年前的猛哥长得已经威风八面了，他留着《英雄本色》中小马哥的发型，穿一件白色背心和牛仔蓝衬衫，蹬上自行车疾速奔驰，衬衫在风中飞舞，好像一个美艳动人的破风少年。

那一年，猛哥和大风都喜欢小如。三个人经常到几十公里以外的城里逛街。小如喜欢吃城里的羊肉串，那里烧烤摊上的女孩子穿的衣服也好看。

有的时候，三个人骑行几个小时，掏光了口袋里的钱，每人吃三串，钱多的时候可以吃五串。然后，他们要立即再骑车回去，因为距离遥远，黑夜把路途拉得更加漫长。

那时候，猛哥和小如应该是互相喜欢的。大风脖子上挂一个手电筒，吹着口哨骑在前面，猛哥带着小如跟在后面。小如把手放在猛哥腰上，有的时候把脸贴在他的后背上。

古希腊神话中有一场旷古无两的战争，叫特洛伊战争。大概是说希腊国王为了夺回世界上最美丽的女人海伦，发动起长达十年之久的战争。

十年以后，特洛伊千疮百孔，迈锡尼文明尽垮。

大风把决斗约在了离家十里以外的一处山坡。那里人少，打起架来没人管，打输了丢脸也不会有人看见。

大风个头矮，想扇猛哥嘴巴需要蹦起来。猛哥让了大风几招以后，大风气急败坏地拾起地上的一根木棍，冲着猛哥头部砸去，一道血口子喷出一股血。

猛哥被砸得有些晕，心里生气，抬起一脚就踹到了大风的胸门。大风还没反应过来，整个人被踹到了山坡下面。

大风再醒过来的时候已经躺在医院里了。大风的家人报了警，猛哥一害怕，逃到了远方的亲戚家里，一躲就是一年。

一年里发生了很多事情，比如大风变成了个瘸子，小如被父母嫁到外地去了。

后来到了适婚的年龄，大风家人给大风介绍了几门亲事最终都毫无下文。有哪个正常人家的姑娘会嫁给一个个头矮小的跛子？

大风的家人逐渐降低对相亲对象的要求，从"本分的姑娘"到"离过婚的也行"，最后到"只要是个女的就行"。大风一气之下一个人跑到济南打工，先是餐厅服务员，后来是洗车工，跛脚的大风四处受气，索性自己推了个烧烤炉子沿街卖烤串。

三年前，猛哥找到了大风，帮着大风把烤串店开起来。猛哥觉得欠了大风一辈子的幸福，所以一辈子只给大风打工，不拿工资。

2013 年的时候，不知道小如是怎么找到大风和猛哥的。她立在街角的路灯下瑟瑟发抖，带着一个孩子，满脸伤痕。

这个烧烤店烟雾缭绕、脏乱不堪，小如一定是打了许多电话，托了很多人才能步履艰难地找过来。

后来我搬了家，很少再去光顾大风的烧烤摊。听说摊子自打被踢了几次，生意大不如前了。猛哥还是与从前一样，吹着金光闪闪的牛✕，叫卖着口水羊肉，一分薪水也不从大风那里领。

谁也不知道猛哥什么时候才能放下内心的愧疚。或许待看见大风结婚生子、家庭和睦美满以后，猛哥也可以捡起行囊去寻找属于自己的幸福吧。

又或许，他一辈子都放不下。

我偶尔会去小如工作的洗车行看她。她穿着大红色的工装，脸颊小巧面色忧伤，见到我来了，终于可以勉强笑一笑。

她会告诉我一些关于大风和猛哥的近况，比如他们的烧烤摊上了新菜品，生意好了一些，大风还是那么胖，猛哥的头发终于长长了，扎成小辫子绑到脑后。

有的时候，小如会把自己说哭。在她男人打她的时候，她也只是咬着牙，额头上的汗流到眼睛里，辣得直疼。

可是她没哭。

我问小如今后有什么打算。

小如说，如果人不是往后活，而是往前活该有多好。活着活着，就能回到八年前的某天下午，有三个人骑着自行车，绕着狭窄的山路，艰难地往前骑行。大风脖子上挂一个手电筒，猛哥偷偷腾出一只手去摸小如的脸蛋。前面的路途坎坷，但是再骑几公里，就是万家灯火。

活着活着，就回到那一年，大风和猛哥穿梭在静谧的深夜里，散发着青春阳光的迷人味道，明明是两朵如花盛开的少年。

人生若有

重逢

在一座偌大的城市里，与一个人重逢的概率几乎为零。

你马不停蹄地行走在车水马龙间，偶尔低下头滑滑手机屏幕去等一个两分钟的红灯，与身边的每一个行色匆匆的人无异。

你立在街角的咖啡馆不厌其烦地煲着电话粥，与无线电波的另一端讲着今天你穿着一条浅灰色的裙子，天气凉了，今年也许是最后一次穿它。你与一旁品读着酒水单的客人并无二致。

你在租住的公寓里穿着一条好看的家居裙，煮着一锅白米粥，不停地用锅铲搅拌着。客厅里播放着一部你和他曾经都喜欢看的电影。此时的你，只是一个活在自己密闭空间里的女孩，与这座城市里三分之一的人，过着同样毫无章法的单身生活。

所以，我告诉宋小欣，不会有重逢，不要再等了。把向后张望的头转过来，曾经的回忆和情感，收不回来的话，就放了它们吧。

我告诉她，人生所有的重逢都是把曾经相爱的恋人变成陌生人。

两年前，我在长沙化龙池的一家小酒吧遇到她。

也是个秋天。长沙的天气不如北方寒冷，但是入夜了以后，冷风钻进人的肚皮里和脚趾缝里，寒冷的感觉一点一点侵袭过来，好像一个表面上热情好客的主人拐弯抹角要赶你回家。

我正准备起身离开，酒吧的老板一脸尴尬的神色带着微醉的宋小欣过来，问我，酒吧的客人越来越多，我们两个各自霸占着一个大桌的姑娘，能不能拼一桌？

宋小欣是个有意思的姑娘，二十几岁的面相，穿了一套雅礼中学的校服。简单地聊过以后，我忽然没有了离开的想法。

我们又点了一打啤酒，一边喝一边不痛不痒地聊着各自的生活。

宋小欣是长沙人，爱说爱笑，她告诉我，她离开长沙去深圳工作已经有三年的时间了。她读书时，化龙池只有几家服装店和一家土菜馆。

一到长沙下大雨的时节，这里的水漫过脚面甚至小腿，云安都会带着宋小欣骑几公里的自行车，冒着风雨爬几个山坡来化龙池帮那一家土菜馆往外面清理积水。因为那家菜馆是云安的妈妈开的。

雨水像猛兽一样从门隙蹿进菜馆里，云安的妈妈发给云安和宋小欣每人一个用酱油桶制作而成的盛水舀，宋小欣撅着屁股把地上的积水往一个大垃圾桶里盛。

宋小欣说：云安的妈妈很喜欢我，常常帮我用毛巾擦着头发问我，欣欣啊，长大以后做我们云安的堂客好不好？

大概是2007年的时候，整条化龙池街被改造，云安妈妈的菜馆迁走，宋小欣从此再也没有体会过被大雨淋透的畅快感觉。

宋小欣嗫嚅着嘴唇，啤酒经过她细软的舌膛和喉咙，再肆无忌惮地穿过她的胃和神经。

她反复地问我：云安啊云安，我们还能偶遇一次吗？一次就好。

2010 年大学毕业以后，宋小欣跟着云安去了深圳工作。

刚到深圳的时候，云安应聘到一个软件制作公司做程序设计，宋小欣去了一个广告公司做文案策划。

他们租住在一个不足五十平方米的小公寓里，加上水电费用，每月要花掉他们一多半的薪水。云安和宋小欣每天躺在床上做得最多的事情就是设计着一个又一个卖不出去的程序和文案。

为了省钱，宋小欣学着烧饭。读书时候从云安妈妈那里学来的本领此刻便派上了用场。宋小欣挽起衣袖把鱼和肉下到油锅里，油溅出来烫到她的胳臂和脸上，云安马上从医药箱里拿出烫伤膏帮她擦拭。

就好像，那一年雨水很大，云安和宋小欣弯低了腰，拼命地往一只脏臭的垃圾桶里盛水。雨水浸透了宋小欣的皮肤，云安把她的校服脱下来拧成一支麻花。

那一年的春节，云安和宋小欣都没有回长沙。两个人身上加起来的积蓄将将巴巴够长沙到深圳的往返机票，就是谁也不舍得花。

他们窝在租住屋里，满屋子是清冷和尴尬的味道。云安小心翼翼地捧起一件白色连衣裙，没有标签没有成分说明，粗糙的线头从领口露出来，散发着浓烈的化学品味道。

宋小欣含着眼泪说：谢谢你，云安。

深圳的冬天看起来温暖又多情，街头巷尾的女人精致得像从画里走出来的。宋小欣裹一件厚重的外套，围着一条乳白色的围巾，把手伸到云安的口袋里，从超市逛到商场，再从商场逛到超市。

两个人都不愿意回家，因为回家就要开空调，开空调就要用电，用电就要花钱。曾经宋小欣那么目空一切，车和房，金钱和势力。

而那个冬天，宋小欣最大的希望是每个月可以多赚上两百块，肆无忌惮地开足了暖气，泡一杯清茶窝在沙发上看一部好看的电视剧。

春节过后，天气回暖。宋小欣没有穿上云安送的白色连衣裙。从小到大，宋小欣就没穿过如此这般的劣质衣服，不过，她更在意的是同事们会闻到衣服上的味道。

宋小欣小心翼翼地等待，等着云安也许会忘了这件连衣裙的存在，等着云安如她期望的那样在她工作单位的附近找一间更合适的房子租住。现在这个小公寓，宋小欣每天上下班要花掉足足三个小时的时间。

冬天地铁里二百斤的男人，穿着厚外套，顶着肚皮把宋小欣挤来挤去。下车的时候，宋小欣回过头，隐约看见自己早上用粉底涂好的一张脸，被完整地印到了男人胸前。

晚上回家的时候，宋小欣把这件事当作玩笑讲给云安听，云安笑得前仰后合。

宋小欣跳到云安怀里，说：云安，我们搬家吧。

云安坐正，抱起宋小欣：我们没有钱。妈妈的土菜馆重新装修，我把毕业到现在攒下的钱全部打给她了。

宋小欣眼前一黑，差点哭出来。

宋小欣足足忍了两天才爆发。她觉得这不是钱的问题。宋小欣企盼了整整半年，这半年的每一天当她踏上去单位的地铁，闻着汗臭和从身边人的皮脂里散发出的不友好的味道，她都想哭。

大城市确实好。尤其入夜以后，各色的灯光一齐绽放，把深圳装饰成一座富丽的宫殿一般。车水人流，万物丛生。

宋小欣突然不喜欢这里了，她想回到那座不大的城市里，吃力地骑着一辆破自行车，一口气跑回家，抱着那个面容慈善的女人说：妈，我想回家了。

这时，云安给她发来一通信息：欣欣，我到单位了。你注意安全。

于是，宋小欣放下思绪，所有的委屈和无奈，所有的艰苦和不值，都在这通信息里烟消云散。一个人爱上一座城市，是因为这座城市里有她爱的人。

可是，这种爱实在太辛苦了。

云安闷声不响地坐在床上，一手扯着头发一手不住地往嘴里送一支已经熄灭的烟。他说：没想到，你是这样一个女人。

宋小欣也不知道，云安口中的"这样一个女人"指的是哪样的一个女人。她固执地认为自己没有错，只是想早上多睡一个小时而已，这算什么错？

那一场战争持续了很久的时间。或许有半年那么长，又或许直到我遇到宋小欣的时候，他们的那一场战争还没有结束。

有人说，两个人有过战争不可怕，可怕的是，战争在某个人的心里生根发芽，变成更可怕的核武器，将曾经的情感与恩爱筑起的坚固堡垒夷为平地。

当他们还在读雅礼中学的时候，云安同宋小欣楼上楼下地住着。宋小欣只要推开窗子冲着楼上喊：云安，上学去喽！过不了十秒钟，楼上的门被推开，然后再"嘭"的一声被急迫地甩上。

宋小欣攒了两个月的零用钱给云安买了一辆自行车。长沙的地形不平坦，云安每天吃力地蹬着自行车带着身后的宋小欣，爬着一个又一个看不到前方的大坡路，那时候他对她最严厉的指责是：宋小欣，你究竟有多重？

在那个年月里，宋小欣心安理得地躲在云安的自行车后座上，云安宽硕的后背散发着好闻的洗衣粉味道。宋小欣看不到前面，看不到远方。

远方，就是云安坚实的后背。

2011 年的夏天，云安换了一份工作。

云安说，每个程序员都是一块金子，只是有的老板睁眼瞎。这一回，云安找到了一位不瞎的老板，薪水足足涨了三倍。

冬天的时候，宋小欣请假同云安回长沙。云安买了一张头等舱的飞机票给宋小欣坐。机务组人员帮着宋小欣把行李放好，将座椅调成一张小床。

从深圳到长沙只有一个小时而已，宋小欣躺在温暖的小床上做了一个梦。梦里面云安的脸很好看，他穿着一件松软的白色毛衣，拉着宋小欣的手，从化龙池的街角钻进去，天空忽然下起了大雨。

宋小欣没有穿雨鞋，雨水没过了她的脚踝。宋小欣跟在云安的身后欢快地奔跑，跑到巷子更深的地方去。

云安妈妈把饭馆装修得很好看，漆红色的门柱上面用隶书写着"欢迎"的字样。云安妈妈骄傲地指给宋小欣看：这是用云安寄回来的钱请人雕刻的。

宋小欣和云安都尴尬地笑起来。

吃饭的时候，云安递给妈妈一沓钞票，开玩笑地说：妈，我给你家用终于可以不用看别人脸色了。云安妈妈接过钱的时候，目光扫到宋小欣呆住的脸上，狼狈至极。

趁云安妈妈盛菜的时机，宋小欣问云安：你那样说话是什么意思？

云安忙解释：欣欣，我开玩笑的。

宋小欣扭起云安的耳朵，装作盛怒的模样：以后不准你那样说话！

一盘红烧鱼连鱼带盘扣到了地上，清脆的"咔嚓"声音如同一口钟，敲出了一个时代的终结。那个"欣欣啊，做我们云安堂客"的时代，也许不会再有了。

云安妈妈踏过被分尸的红烧鱼，慌张地从茶几下掏出一沓钱，塞回云安手里。

回到深圳后，云安和宋小欣的关系变得很奇怪。

宋小欣经常在回家时发现云安正在跟什么人通着电话，看到她回来了，便匆匆挂掉。宋小欣努力补偿着自己莫名其妙的过错，烧菜、洗衣服、交水电费、修理灯管，爬到客厅的外面去擦玻璃。

后来一段时间，云安因为新工作的关系常常加班到深夜。回家晚的时候，云安就窝在沙发里睡一个晚上。

春暖花开的时候，云安兑现了承诺，重新租了一套离宋小欣单位很近的公寓。

搬家的那一天，宋小欣和云安都很开心。他们租了一辆皮卡车，足够盛下所有的行李。晚餐的时候，云安下厨给宋小欣煎了牛排。

房子依然不足五十平方米，但是地段和家具，已经比上一套公寓有了很大的提升。云安轻轻摇着红酒杯，说：欣欣，我说过会给你幸福。

幸福，是什么呢？云安的厨艺有限，牛排煎得老到咬起来都需要费很大力气。

宋小欣回忆起，她躲在云安的自行车后面，云安吃力地往上蹬，宋小欣攥紧拳头咬着牙，满头大汗地在后面喊着：加油！云安你要加油！

有一年的长沙，杜鹃花好看得不像话。云安给宋小欣摘了一大束，被看花的园丁发现，他拉着宋小欣跑了几公里的路。杜鹃花散落了一路，只剩下宋小欣手里的一朵。云安和宋小欣又惊又怕，喘着大气，狼狈得像两个傻瓜。

那个时候，才是真正的幸福吧！

以后的冬天，宋小欣都可以在房间里肆意地开着暖气，抱着一条毛茸茸的被子，通宵看一部讲述别离的电视剧。

在宋小欣看过的电视剧里，有一部日剧印象最为深刻。故事讲一对十分相爱的男女主人公，想找寻更多能够证明他们的相爱是被祝福的证据。

两人约定，搬离各自的住处，换掉工作，换掉手机，如果可以重遇，他们便厮守一生。

故事的结局是，女人寻找了两年以后，爱情淡如一杯白水。待她到了该嫁的年龄，便和一个开面包店的老板结婚生子，生活得幸福美满。男人遵守和女人的约定，找了一年又一年，从东京找到大阪，几乎周游了日本的每一个角落。最终男人一辈子没娶，孤苦终生。

宋小欣用了一个周末看完了这部剧，她无法理解为什么会有这么奇怪的相爱方式，明明深爱，却偏要莫名其妙地去证明。

深夜两点或是三点的时候，云安醉醺醺地推开门，宋小欣哭红了眼睛，问云安：这个编剧，怎么能这样写？

云安的事业发展得很顺利，一路扶摇直上。他给宋小欣买了一部红色的小车子。宋小欣从网上买了一整套的粉红色内饰，把车子从内到外装饰了一番，给每个摆在挡风玻璃后的玩偶都喷了香水。

从今往后，宋小欣不需要跟着一堆散发着难闻的汗臭味、胖瘦不一的男人挤地铁，不需要把刚涂好粉底的脸，清清楚楚地印到别人身上。

云安问宋小欣：喜欢吗？

宋小欣点头：喜欢。

云安说：欣欣，我看见你欣喜若狂的样子就高兴。可是，你已经很久没有那样了。

有了车以后，深圳变得没有想象中那么大了。路变得越来越窄，冷和暖变得再没有那么重要，宋小欣的世界变得越来越安静。

下班后，宋小欣可以一句话不说。在楼下叫一个外卖，或者煮一碗白米粥。洗个热水澡，头发擦半天，湿嗒嗒披在肩上。

她从冰箱里取一罐啤酒，小嘬一口。随后把自己窝在布艺沙发里，剩下的就是一部日本或是韩国的电视剧，在漫长的黑夜里，一帧一帧的画面和此起彼伏的嘈杂陪着她度过一个又一个不那么难挨的夜晚。

2012 年年底的时候，深圳好像提前过了年。恋人互相牵着手在绚烂的烟花底下，从马路的这一边走到另外一边。

女孩说：我想看电影。

男孩面色略带为难。他驼着背、躬着腰，穿一件宽大的深蓝色外套，一副眼镜松松垮垮地架在鼻梁上。

上了一天的班，他累坏了。

女孩不依不饶，用头顶住男孩的胸，随随便便撒了一娇。

男孩的心快被融化了，用干裂的嘴唇吻了女孩的额头。

男孩说：好。

宋小欣的眼睛忽然有些发涩，胸腔里不断地有不安的情绪涌上来。她拐到附近的便利店里，对戴着厚厚的手套的店员说：给我挑几只外焦里嫩的蛋挞。

表面焦脆的蛋挞，咬在嘴里，入口即化，回味香软。

宋小欣提着蛋挞立在云安的单位楼下。她抬起头来，数不清这座高楼是有二十层还是三十层。她也从来没问过云安是在这幢大楼的哪一层的哪一间。

她有些后悔，也有一些困惑：究竟是云安不愿意说了，还是自己不愿意听了？

宋小欣等了有三十分钟的时间，云安终于出现了。深圳清冽的天气，云安穿着一件白色的衬衫。

他旁边还有一个女孩。她乖巧地贴在他的身边，一袭白色的连衣裙，身上披着一件男士的毛呢西装。

他们肩并着肩，手臂贴着手臂走出这一幢高耸的大楼，没有肢体接触。云安时不时看一眼女孩，女孩始终盯着云安的脸。

对于宋小欣来说，这一切足够了。

宋小欣一整夜没有回家，一个人坐在云安上班那栋大厦的门口冻了大半夜。

云安的第一通电话是在深夜两点打过来的。宋小欣没有接，她需要给自己多一点时间考虑，是选择戳破还是装傻，是选择遗忘还是原谅。

后来，云安没再打来电话。

凌晨四点的时候，宋小欣冻得瑟瑟发抖。她第一次觉得自己像一只丧家犬，在熟悉的回家路途中寸步难行。

她找了一家酒店，洗了个热水澡。

她浑身冒着热气躺到散发着消毒水味道的被子上时，手机震了一下。宋小欣赶快抓过手机，是一条酒店发过来的信息。

密密麻麻的小字，满屏都是冰冷的温馨提示。

宋小欣记得，她与云安在深圳生活的第一个冬天，每次加班云安都会给她发信息，提醒她：天凉了一定要多喝热水，晚上睡觉的时候要盖好被子。

于是，云安不在的每一个夜晚，宋小欣都把被子叠成一个火柴盒，洗完澡以后，来不及吹干头发就钻进去，把被子轻轻地蒙在脸上。被单上，空气中，还有房间的每一个角落，都是云安留下的好闻的味道。

第二天，宋小欣向公司递交了辞职信。然后，她回到家中，把自己所有的衣服、鞋子、化妆品统统打包扔到楼下的垃圾箱里。那些几年来看过的电影光盘则被她放到了一只皮箱里。

剩下的半天时间，宋小欣给云安写了一封信。她的字很好看，洋洋洒洒写了八页的纸。

宋小欣坐在写字台旁，阳光从落地窗外洒进来。她抬头望出去，深圳的天空好大，也好高。我们好羡慕云彩能够骄傲地挂在半空中，其实它永远都触及不到天空的温度。

宋小欣把写好的信撕碎扔到马桶。她按了一下冲水的按钮，所有的情感与回忆，都随着一声"轰隆"，从世界上销声匿迹。

宋小欣重新选了一张好看的信纸，写了五个字：人生若有重逢。

她把那部讲重逢的奇怪日剧从皮箱里挑出来，和信笺放到一起。

宋小欣自言自语了一句：我从来都不知道，原来云安穿白色的衬衫那么好看。

从长沙的化龙池一别后，我再没见到过宋小欣。后来，她跑到了北京去一家日企工作。据说，那是一家专门为日本引进中国影视剧或是把日本的影视剧引进中国的机构。

我猜，或许宋小欣有一天见到了日本的某个导演或编剧，她会毫不留情地抓住他的衣领质问：为什么要把剧本写成那样？

宋小欣一直期待与云安的再次重逢，但我也能感觉到宋小欣的恐惧。她害怕重逢，害怕如果重逢了，听说或见到任何不好的消息。

2014 年宋小欣再次联系我的时候，她已经在日本京都生活了几个月了。她给我发电邮说，原来日本的清酒特别难喝，跟中国的白酒兑了水似的，一点也不烈。她说日本的生鱼片也难吃得要命，不像在国内吃得那么好吃。

我问她：我们的世界那么小，什么是好的、什么是坏的，什么是值得的、什么是不值得的，真的分得清吗？

我问她：宋小欣，你还在等吗？

真的值得等吗？

如果人生有不期而遇的重逢，那么穿越一万公里，跋山涉水步履艰难地跑到你跟前说"我爱你"的人，又算是什么？

这一封电邮让我等到了 2014 年的春节。

京都下了小雨。求姻缘的女孩子穿着和服与木屐，打着油纸做的花伞去清水寺求姻缘。

宋小欣回复我说：今天我要结婚了，嫁给一个在日本卖人偶的长沙人。人生若有重逢，就彼此珍重吧。

我在济南，我很好

小法生活在北京。

北京很大，在这里四年，小法还需要查地图、查地铁线路，生活节奏紧凑，时有迷茫。但在这里，她有一份稳定的工作，有一段平淡真实的爱情。

不久之前，小法一直认为，如果她的生命中的最后一个男人是 Simon，她或许不会有惊喜，但也不会有很多遗憾。

小法的男朋友 Simon 是重庆人，放弃盛产美女的重庆来当一个连单间都不舍得租而只能跟别人挤上下铺的北漂，对 Simon 来说，是一个固执的选择。她和 Simon 是属于同事间的地下恋情，公司的规章制度里有一条十分明确而严格的规定：严禁办公室恋情。

在办公室里，别人都管小法叫 Fire。

小法的公司是外贸公司，客户都是外国人，进了办公室就只能叫自己的英文名。如果小法在办公室里喊同事的中文名，或者打电话的时候告诉别人"Hi，你好，我叫小法"，而这一幕又恰好被行政部门或喜欢告密的同事发现的话，她就会被罚款 50 块钱。

小法一个月的工资，大概有 120 多个 50 块钱，偶尔被罚掉一两个，对她来说不是很要紧的事情。

但是，这是规矩。坏了规矩，上司不高兴。

当初小法投递简历的时候还心想，这规定怎么这么狗屁，但她还是用力地在英文名字一栏里随便划了一个：Fire。

至于为什么让自己叫"Fire"，小法也解释不清楚。

后来，济南的同事Jiang问她：你为什么叫Fire？而且怎么会随便划了一个名字？名字是陪你最长的东西，怎么能随便？

小法想了想，说：可能我比较喜欢像火那样的生命，高兴了就尽情燃烧，把自己烧没了，也就没了。

小法问Jiang：那你为什么叫Jiang？

Jiang回复她：因为我姓姜啊。

小法无奈地说：那我必须叫Fire了，因为我也不能叫Pi啊。

小法的大名，叫皮小法。

小法和Simon恋爱两年以后，Simon升职做了部门经理，工资涨了很多，有300多个50块。他租了一个一室一厅的公寓，把小法也接了过去。

小法住进公寓，生活质量提升了很多。不用和介于陌生人和熟悉人之间的女孩们共挤一个房间，不用和她们共用卫生间，不需要在晚上睡觉之前提醒自己客气地和她们互道晚安。

对于Simon，小法不知道更多的感情是爱还是感激。她会给Simon做饭、洗袜子、打扫房间，帮他交水费电费燃气费。

小法常常感到十分满足，她告诉自己：这样能生活在北京，也挺好。

Simon 是个不喜欢多说话却有自己想法的男人，对待小法温柔而且……很客气。小法就喜欢 Simon 这种谦谦君子的风格。

半年以后，小法带着 Simon 回了自己的河南老家。小法的妈妈很喜欢 Simon，临走时，拉着他的手不放开。嘱咐小法，一定要好好对待 Simon。

如果不是那次事故，小法一定已经跟 Simon 回重庆拜见公婆，然后订婚、结婚、生子了，一步一步、规规矩矩地，完成一个女人的生命。

有一天晚上，小法已经睡着了。Simon 加完班回到家把她叫醒。小法以为是 Simon 加完班饿了让她去做些吃的，看到 Simon 的脸色，小法觉得不是。

Simon 阴沉着脸说：小法，我想好好和你谈谈。

小法穿好衣服，和 Simon 两个人面对面坐在餐桌前。

Simon 说：你能不能……帮我扛过这一关？

小法问他：你怎么了？扛过哪一关？

Simon 告诉小法，他之前跟客户签的一个合同上出现了重大纰漏，如果客户起诉，会给公司造成十分严重的损失。

你可不可以出面跟 Smith 承认，是你执行的这个合同？Simon 说。

小法说：我十分讨厌 Smith，他也十分讨厌我。如果我跟他说是我做的，他一定开除我。

Simon 说：我会保护你。如果不能说服他留下你，我会给你找其他工作。

小法平静地问他：如果客户起诉，我会不会吃官司？

Simon 忽然就慌张了，他说：应该……不会。他是公司的老客户，我和他们的老板关系很好，我会……去求他们。小法，我的工资是你的几倍，这个选择对我们最有利。这事之后，我们马上结婚。

那是小法第一次从 Simon 的眼神中看见慌张。

小法笑了一声，自己跑到床上蒙头大睡。第二天一早，小法到了公司就去找 Smith，告诉他那个合同是她执行的。Smith 非常愤怒，质问 Simon，问他，你的下属出现这么大的失误你知不知道。Simon 耷拉着头，轻轻摇了摇，说：对不起，是我监管不力。

Smith 指着小法的鼻子说：公司保留对你起诉的权利。But, now, you are fired!

小法恍然间想道：原来 fire 还有这个用法。

其实小法在前一天晚上就想好了今天的戏码：被 Smith 痛骂一顿或是被他解雇，然后自己会像在刑场就义的英雄一样，高喊"Smith 你个王八蛋"，昂首挺胸地离开公司。

可是小法现在只能若有所思地低下头，配合着 Smith 的失望和愤怒表现出痛定思痛的姿态。因为在 Smith 眼中，她皮小法就是一个给公司惹了很大麻烦的麻烦员工。

　　小法搬着自己的东西灰溜溜离开公司。踏出大厦之后，小法忍不住回头望了一眼。这是她工作了四年的地方。在这个地方，她的激情燃烧了又熄灭，她的梦想换了又换。等到她想安安静静地留在这里的时候，这里却容不下她了。

　　她回公寓搬出了自己的行李：一个小皮箱。其他七七八八的和自己有关的物件，她都打包好扔到了楼下的垃圾桶里。垃圾桶扔满了，她就走很远的路，扔到另外的垃圾桶里。当她离开的时候，Simon 的公寓又变回了单身公寓，好像小法从来没有住到这里一样。

　　小法提着装满她所有财产的小皮箱，坐上了地铁四号线。她随着人群从火车南站那一站下了车。

　　这都是要到火车南站坐车的人。他们的步伐或紧或慢，脸上带着或行色匆匆或不慌不忙的表情，却没有一个像小法一样，不知道自己想要去哪里。

　　小法坐在候车厅发呆，这样的情景，真像她刚刚毕业那一年她自己来到北京打拼，下了火车找不到东南西北。人家都说北京的规划很好，四九城，正南北。可是过了很长时间，看了很久地图，走了很多路，小法还是觉得北京大到让她认不清方向。

这一次将要离开，她觉得是解脱，也是迷茫。

Jiang 发来一条信息：看见内部公告了。你在哪儿？

小法忽然冒出一个想法，问 Jiang：我可不可以去你那里？

Jiang 马上回复：来。

在北京通往济南的高铁上，小法收到了 Simon 的短信：我已经跟客户沟通过了，不会起诉。晚上做好饭等我。

小法对着手机大喊：你个龟孙！

在周围乘客的惊诧中，小法放声大哭。像是一道闸，释放了曾经的眼泪和委屈。又像是，对过去的一种告别。

小法之前和 Simon 出差来过一次济南。她印象中的济南是一个和北京同样雾霾严重的地方。她来那次，济南的空气质量指数已经爆表了，比严重污染还要严重污染。

济南没有地铁没有轻轨，没有三里屯和天安门，但是这里有……Jiang。

和 Jiang 的关系，比起同事，小法更愿意认为他们是很关照彼此的朋友。她和 Jiang 只见过一面，就是她和 Simon 来济南出差那次。Jiang 负责接待他们，安排他们的食宿。他很细心地把 Simon 和小法安排到了泉城广场旁边的酒店，这里不论到趵突泉还是大明湖，都很便利。因为 Jiang 记得有一次小法和他聊天的时候说，你活得太舒服了，可以生活在有趵突泉的城市。小学课本里学到的地方，那时候觉得离我们那么遥远，实际只有一个半小时的路程。

Jiang 在济南西站见到了颓靡的小法。

他用热情的拥抱欢迎她，并鼓励她说：Welcome to Ji'nan！

小法说：我是被北京赶出来的人，济南也欢迎我吗？

Jiang 说：当然！

他想了一下，又改口：你说得不对，北京没有赶你。是你自己想来到有趵突泉的城市生活了。

小法耸耸肩说：反正我没有地方去了，你先让我赖在你这一段时间吧。

Jiang 说：多久都可以。

小法暂时住进了 Jiang 和另一个男人的房子里。房子是三室一厅，Jiang 把其中一间放杂物的房间整理出来给小法住。

住进了这个三人之家后，小法才知道原来 Jiang 在真实生活中的名字叫平子，姜平的平。可是小法还是愿意叫他 Jiang，习惯了。如果突然改口叫他平子，感觉好像阿汤哥突然从美国跑到中国来扮演爱国主义大片里的八路神枪手。

小法到济南的第一个周末，Jiang 带她转了几个地方，吃了一些济南菜。Jiang 是武汉人，家乡话的发音和 Simon 的好像是天敌一样。一个一定要带儿话音，一个一定不带。小法和 Jiang 去餐馆的时候，她有时会习惯性地学 Simon 说话：老板儿……

Jiang 马上凑过来问她：你的那个声音，是怎么做到的？

小法说：跟 Simon 学的。

于是小法被自己的不经意带回了失恋的伤心回忆里。

Jiang 小心翼翼说：你……不应该让他联系不到你。或许……他会担心。

小法说：没必要在一起的两个人，就没必要再联系。

Jiang 问她：那你会想他吗？

小法老实回答他：会想起。和想不一样。

Jiang 问：想和想起，都是想他。怎么会不一样？

小法坚持说：不一样。想他，是思念，想到他就会心痛，想回到以前；想起他，是能记得这个人的存在，并且觉得，我的生命里怎么还有这么一个人存在！

五月份的时候，小法在 Jiang 的家住了整整一个月。这一个月，她没找工作也没找房子，舒舒服服地赖在 Jiang 的家里，偶尔做饭，偶尔打扫，偶尔给 Jiang 和另外一个男人洗衣服。

Jiang 住的一楼，五月份的济南要开着窗子睡觉。

有一天小法被 Jiang 的声音吵醒。小法掀开窗帘一角向外看，是他在和一个推着卖煎饼果子车的女人吵架。小法穿好衣服出去。

他们看起来又好像不是在吵架。

Jiang 在嗔怪女人：你才做了手术的，现在不能出去摆摊。

女人很无奈地对 Jiang 笑，跟 Jiang 保证卖完 100 个就回来。Jiang 笨拙地伸出手来算，100 个是需要多少时间。女人看见小法，害羞地推走了车子，回头对 Jiang 说：平子，我就卖 100 个。

小法问 Jiang：她是谁啊？

Jiang 告诉她：是楼上卖煎饼果子的邻居。

小法又问他：你对每个邻居都这么好吗？

Jiang 一拍巴掌，说：糟糕，又要迟到了！

晚上快下班的时候，Jiang 给小法发信息说，在家等我接你，晚上出去吃饭。小法问他，为什么出去吃。他说，因为今天是你满月啊，来济南刚满一个月。

晚餐订在护城河边的一个西餐厅，有些吵，但可以很白在地大声说话，对于小法来说也是一种享受。

小法问 Jiang：你身边怎么都是男人，就没有个女人吗？

Jiang 说：有你啊。

小法笑着说：还有早上卖煎饼的大姐啊。

Jiang 也被逗笑了，说：对啊。所以说，我的命中遍布女人。

小法感觉身边忽然立住一个人，Jiang 的笑容也僵住了。小法抬头一看，是这边分公司的一个同事。他用同样晦涩的眼神看着 Jiang 和小法。

这一晚，小法没有睡好。她在猜想，这个同事会不会认出小法来,上一次她和 Simon 来出差,遇到过这个同事。尽管匆匆一面,谁知道他会不会记得她呢?

想了一个晚上,如果 Simon 从同事那里知道自己在 Jiang 这里,会有什么反应。自己已经封了邮箱换了号码,已经……下定了决心和过去告别。

如果……

小法转身换了个姿势,看着风吹动窗帘,一来一回,一起一伏,和她的心一样。

因为前一夜彻夜不眠,第二天小法起床很晚。

当小法顶着黑眼圈起床的时候,已经有两个男人互相对峙着坐在客厅里了——Jiang 和 Simon。

小法赶快逃回去,换了一件可以见人的衣服,又急忙洗了把脸。

Simon 显得很疲惫,满脸胡楂。他用充满央求的语气对 Jiang 说:可以让我和小法谈一谈吗?

Jiang 看了一眼小法,小法埋下头。

Jiang 很识相地从茶几上拿起一包烟,走出去,又回头望了一眼小法,说:锅里有粥。你们……要是时间长的话,你就跟他边吃边聊。

小法机械地冲着 Jiang 点点头。

等 Jiang 离开以后,Simon 站起来,张开双臂来拥抱小法。小法别过头躲开。

Simon 说：小法……

小法说：叫我 Fire。

Simon 发着苍白无力的声音说：小法，你闹了一个月了。

小法冷笑：我闹？你觉得现在我是在跟你闹别扭？

Simon 妥协了，说：小法，我向你亮白旗。我跟你道歉。我承认当初是我不好。可是你知道吗？我找了你整整一个月，我跑遍了你喜欢去的地方，找遍了你的四九城，可是……我找不到你，我到处都找不到你。我现在才知道原来我这么离不开你。你不能，原谅我这一次吗？

Simon 的嗓音越来越嘶哑。

小法想，对啊，我就不能原谅他这一次吗？

她用一分钟的时间来搜索她的回忆，她想给自己一个不原谅他的理由。可是，她的大脑是空白的，没有不原谅的理由。慢慢出现在她眼前的是一个精致的小盒子。

Simon 打开它，里面是一枚炫目的钻戒。

嫁给我吧，Simon 说。

一瞬间，小法的眼泪，像她杂乱无章的心事，统统跑出来纠结她的思绪。

Simon 也哭了，伸出手，用力抱住了小法伏动的肩。

Simon 给他和小法订了两张最早回北京的票。

在候车室里，Simon 一直握着小法的手。小法能感觉到，在这一刻，Simon 是爱她的。他一定会娶她，他们会有一个或两个孩子，他们或许会在北京买房，又或许她会跟着 Simon 回到他的老家重庆，她也很好奇，在他的老家她会不会是一个丑到不能看的女孩。

这一刻，她想的事情那么多。

小法的手机响了一声，信息来自 Jiang：你在北京，要好好生活。

小法的思绪一下子就停住了，她曾经和 Simon 一起规划那么久的人生，她曾经小心翼翼收起的不安情绪，她一步一步不敢走错的路，此时此刻，她都不想要了。

她忽然觉得，现在的她，只想要一种可以被煎饼果子吵醒的简单生活，没有地铁没有轻轨也没有让人敬畏的中南海和天安门。

只有趵突泉，就足够了。

小法把手从 Simon 的手里抽出来，说：Simon，我不跟你回北京了。

Simon 很诧异，问：为什么？

小法笑着对他说：因为我在济南生活，会活得更好。

Simon 问她：你的理想呢？你的抱负呢？

小法摇摇头说：不重要了。

Simon 问她：你承诺给父母的美好未来呢？

小法说：我活得好，他们就幸福。

Simon 暴躁地跳起来，Simon 不可思议地对她发问，Simon 努力地讨好她，Simon 低三下四哀求她。现在这些对于皮小法来说，像是看一场悲情的电影，虽然有伤感，但是已经再也不能使她奋不顾身地陪他演下去。

她低着头给 Jiang 发了一条信息：平子，你快来西站接我！

单身的人

总说无所谓

2015 年的清明节，据说济南下了小雨。小路一大早打电话约我出去喝酒，我告诉他我不在济南，他悻悻挂了电话。

这是小路单身的第七年，第一天。

他在他的黑暗账本上又记了我一笔，因为在他这么重要的一天里，我没有去与他分享。

在小路最初单身的那两年，我们曾经笑话他，说他的职业和性格太适合单身了：技术宅男，一台电脑一箱泡面等于全世界。

甚至都不用 wifi，小路可以用一个星期的时间打脱机游戏反复打几个通关，然后找出最快最有效的通关方法。

在很漫长的一段时间里，大概是两年还是三年，小路都像是一个孤独的战士，陪着我们从恋爱到失恋，从相守到结婚。

后来我们这一拨人，从二十三四岁活到二十六七岁，有的人结了又离，有的人成了孩子的爸妈，只有小路还是单着。

小路从来都不介意自己单身，对于相亲、脱单、搞对象的话题，他从来只用三个字来回答我们：无所谓。

其实说到单身，小路和别人有着本质的不同。

有的男生单身是阶段性单身，他们会结识各种各样的女孩子来满足自己不同的心理或生理需求。这种人的恋爱和失恋，有的时候只是他一秒钟的念头。而小路的单身是长期的，而且在可以预见的未来都会是这个状态。

对于脱单这件事，我们有着比小路更强烈的欲望。逮着机会就会把小路抓过去，像面试一样，一轮又一轮地相亲。

小路不忍心驳朋友们的好意，又全然没有恋爱的心思，所以每一次相亲，小路都有风度，什么好点什么，然后理所应当埋单。每一次，都像是要扒了小路的一层皮。

最后小路央求说：别逼我相亲了，真的，求你们了。

朋友们不解，问他：为什么呢？

小路说：实在……实在是钱包比人瘦。

都说一个人单身久了，身上会散发着一股奇怪的味道。就好像久病的大妈身上，每天都糊着一块膏药。

我们都以为这种魔鬼定理在小路的身上是不会成立的。以我们多年与小路相处的经验来看，他一撅屁股，我们就知道他要朝哪个方向放屁，一推眼镜，我们就知道他要拆了谁的电脑。

所以，小路身上绝不会有奇怪的味道。

2012 年的春节，小路请了年假回了趟江苏老家，我们有半个月的时间没见到小路，连通电话也没有。

回济南的那天晚上，我约了几个朋友给他接风，还故意带上了身边一个同样单身的女朋友，叫青青。青青和我们一样，是漂泊在济南的外乡人，想要坚定地扎根在这里，为人直爽不世故，是我老早就想介绍给小路的女孩子。

朋友们都心领神会，故意把小路塞在青青旁边的位置。

小路从江苏回来以后，整个人都不一样了。胡子好像一个春节也没剃，脸瘦了一圈。有人说，小路你真不错，终于让"每逢佳节胖三斤"的噩梦变成了谣言。

小路也不说话，连头都不抬一下，一个劲儿往肚子里灌酒。

有的朋友为了缓和气氛，说：绒绒你给大家介绍介绍身边这个单身美女吧！来，先把电话存上。

我二话没说，拿起小路的手机，拨了青青的电话，然后把号码存在青青的手机里。

我一边存号码一边告诉她：青青，你那台用了三年的破电脑，交给小路，他会让它起码年轻两岁半。

青青忽闪着大眼睛：有这么神奇吗？

小路舌头都直了，挥着沾着黄瓜条的筷子冲青青喊：对！我就是牛！睁大你的眼睛好好看看！

大家都惊了，青青也愣了半天才说话：哦……那以后有机会再请教吧。

小路迷瞪着眼睛，指着青青问：以后？以后你要干吗？泡我吗？别做梦了，我又不会跟你结婚。结婚有什么了不起，我单身我无所谓，我比你们这群王八蛋牛多了！

青青的脸瞬间青了。我马上把一整根黄瓜塞进小路的嘴里。

小路那晚喝的不算多，三四瓶啤酒，却醉得莫名其妙。后来小路又说了很多混账话，大家都很不自在，早早结束了饭局。

对于青青我感到十分抱歉，我告诉她：时机不对。如果换个时间……

青青说：没关系，就是小路这人太浑了。

我说：他平时不这样，这次有特殊原因。

青青说：什么原因也不能犯浑。

回到家里，我给青青发了一条不算长的信息，但足以让小路的犯浑变得情有可原。

2008 年，小路谈了三年的女朋友在济南大学毕业，小路为了她，辞去了在江苏一份还不错的工作来到了济南。

小路给我们展示过，和她相爱的三年，从江苏到山东，火车票摞起来应该是一本厚厚的情书。

在济南，小路和他的女朋友共同生活了将近一年的时间。短暂的三百天里，小路很认真地工作和生活，他为了两个人的将来，每天都在憧憬和努力。

2009 年的清明节前一天，小路攒够了一套小公寓的首付。他订了一个西餐厅，打算向他女朋友求婚。

就在小路拿出戒指的时候，她说：我们分手吧。

小路开始还以为自己听错了，问她：你说什么？

她说：跟你在一起，我看不到未来。

小路快哭了，说：你看我每天都在为我们的未来努力啊。

她笑了：这和你是不是努力无关，我只是想回家了。

小路说：我陪你回去。

小路的女朋友是偷着离开济南的，只带走了一小箱的衣服，扔下了所有的回忆和小路，一个人回了江苏老家。

我们曾经问过小路，为什么不一路追回去，追到江苏，感动她，然后娶她。

小路说，失去了就是失去了，找不回来的。

再说，小路一笑，推了推他的破眼镜框，单身，无所谓嘛。

小路有很长的一段时间走不出来。他用了一年的时间才下定决心把她摆放在床头的照片收起来，扔掉了她的梳妆台和她最喜欢的被单。

才扔了一个小时，又像疯子一样地跑到楼下垃圾箱里去翻找。

后来虽然小路拒绝和另外的女孩子展开一段新的爱情，可究竟是表现得不再像个疯子了。他扔了属于他前女友所有的物品，并且没再去垃圾箱里把它们翻回来。

我们以为小路痊愈了。

2012 年的春节，周围的朋友只有我一个人知道，小路春节回去那么长时间，是帮他前女友筹备婚礼去了。然后在给他接风的酒桌上，小路又像疯子一样向我们撒了酒疯。

青青应该是用了很久的时间来理解和消化我的信息内容，以及小路的感情史，又或许她在思考着应该用什么样的语言来回复我，既不辜负我的好意，又不伤害小路对感情的执着。

临睡前，青青终于传了简讯给我。

十分简单的几个字：祝福他早日脱单，但那个人一定不是我。

自从小路撒了那一通酒疯以后，也不知道是他觉得难堪故意躲着我们，还是我们这帮朋友已经不能接受小路浑身上下散发出来的奇怪的单身味道……彼此都在不经意间互相疏远对方。

后来有的朋友结婚，邀请我们去参加，直到婚礼结束，保洁的大妈扫走最后一颗瓜子皮，小路还是没有出现。

我给小路打电话，问他为什么不参加婚礼。

小路说话很呛：我不是让你帮我把份子随上了吗？

我沉默了许久，挂了电话。

再后来，我们几乎断了联系。只是偶尔可以听到一些关于小路的碎片一样的信息，比如小路还是单着身，还是每天一副单身以及没有朋友都无所谓的模样，不给自己机会，也不给别人机会，互相走进彼此的生活。

如此而已。

我们和小路，就像一阵轻风后的几片树叶，翩翩起舞后，散落在各自的人生里。

2015 年的春节过后，朋友生了孩子摆满月酒。

在酒店的门口，我见到一个人，他剃了胡子剪短了头发，眼镜框换成了大红色，穿一身浅蓝色的运动装，套着白色羽绒服。

我激动得差点哭出来，走过去狠狠拍了他的头：单身的混蛋，这是重生了？

小路转过身，张开双臂拥抱我，说：嗯，单身的混蛋重生了。

我和小路都有许多感慨。那是一份失而复得的喜极而泣，无关爱情，无关风月。我们曾经在陌生的严寒中抱团取暖，在同样的十字路口徘徊走失。我们一起从二十三四岁的年纪，走到三十……还有更久远的岁月。

在这座陌生而又熟悉的城市里，我们都是彼此失散的亲人。

小路最后是被抬出酒店的。朋友一个劲儿埋怨，没见过这样的，喝满月酒也能喝桌子底下去，连个红包也不带。

小路听见这话，闭着眼睛从口袋里掏出一个红包，塞到朋友手里。朋友回头把红包塞给媳妇：收好喽。

小路小声嘟囔：这红包，怎么拿走，过两天怎么给我拿回来。

刚出酒店的门，一辆红色的小轿车开过来停到小路和我的面前。

车窗缓缓摇下来，青青从里面歪着头对我说：上车。

我和朋友们看到青青，下巴都惊掉了。大家冲过来帮忙把小路塞进车里，小路就像一摊烂泥一样，倒在了后座上。

我坐到副驾驶的位置，对于大家的眼神，我心领神会。

去小路家的路，青青看起来是轻车熟路。

到了小路家门口，青青故意没有停下来，绕着奥体中心跑到济南西站，那不是一段很长的路，却几乎贯穿济南的东和西。

青青说：你看，济南就是这么小。一脚油门，我就可以把小路找回来。

我问她：为什么？你说过，那个人一定不是你。

青青笑了，说：爱情就是这么捉弄人。记得你给我存了小路的手机号码吗？

我说：记得。你那次说他是个混蛋。

青青笑了一下，说：你还记得呢？都好多年了。

我感慨道：是啊，快三年了吧。你和小路怎么……

对于他们的关系，青青不避讳，她告诉我说：有一次我和朋友玩游戏，我输了，选了大冒险。他们叫我给手机里所有的男性朋友发信息借钱，并且要说我是欠了高利贷。

我问：然后呢？

青青说：然后我认识的几百个男人，没有一个愿意借给我钱，只有小路。我傻傻地盯着手机屏幕，等到凌晨十二点，真的只有小路答应借钱给我。

青青告诉我，到了十二点，短信信箱里只躺着小路一条孤孤单单的短信的时候，她才知道原来这不是个游戏。

她给小路打电话，问他：你真的愿意借我钱吗？

小路说：我愿意。

青青问：那么多钱，你也愿意吗？

小路说：我愿意。

青青问：为什么？

小路沉默了一会儿，说：你在哪儿？我把钱给你送去。你一个人在外，要好好照顾自己。

接着青青用了大半年的时间追求小路。一开始小路是彬彬有礼的拒绝，后来知道青青与别人玩游戏来戏弄自己的时候，索性不理她了。

我问青青：大半年的时间，什么力量让你这么执着，为了一个邋里邋遢的死宅男？

青青反问我：那你说小路为什么可以坚持六年单身？

青青把我问蒙了。

我随口回她：我哪儿知道？

青青说：对啊，我哪儿知道……

在围追堵截的招数都不管用之后，她改成了写信。青青不是个内敛的人，她的信很简单，只有几行字：单身，无所谓。我陪你好了，一辈子陪你单身。

小路收到信以后在自己的屋子里大哭了一顿，然后洗了个澡，剃了胡子，出门剪了头发，买了几身像样的衣服。

他给青青打了个电话，他说：你能等等我吗？等爱情降临。

青青使劲点头：等，多久都等。

2015 年的清明节，没有人为小路和青青证明他们的爱情。

小路后来打电话骂我，他说特别希望有人为他见证，那个人，就是我。我告诉小路，你千山万水后遇见了青青，你单身了六年以后遇见青青，这一切都是注定的。所以爱情这件事情既然发生了，其他的一切，真的无所谓。

流浪者的

爱情

我在做上一份工作的时候，每当有别人问我：姑娘你是干啥的？我跟他们说：媒体。大部分人都会说：哦，是记者啊！

当时我特别不能理解，在很多人的眼睛里媒体人几乎等同于记者。其实做媒体的，除了记者这行当，还有很多其他的工作可以做，比如编辑编导主持人，还有摄像大哥保洁大妈门卫大爷等等，等等。

大白和我有同样的苦恼，应该说他比我还苦，作为知名报社摄影记者的大白，连他妈都管他叫摄影师傅。

除了摄影师傅，大白还有两种身份：演员、著名光棍。三十好几的大白，大个头，相貌堂堂，各项功能健全，无特殊取向，就是不找媳妇。

说起演员这个职业，应该追溯到大白在山东某大学的表演系刚毕业的时候。那个年代下的大白靠脸能吃上全素的盒饭。虽然吃不饱，但是绝对饿不死。所以那应该是大白体重最轻盈，身材最匀称的一段时期。

转行做摄影记者以前，大白演过几部戏，还接拍过广告片。

大白拍的第一部戏是个古装剧。以大白的身高和长相，那家伙，中国古代版长腿欧巴，给人以太美妙的遐想。

而且大白的戏份十分重要。戏里边男主人公问他，哪儿哪儿哪儿怎么走，大白需要气沉丹田，风度翩翩指给他：前面左转。

别以为这随便一指是一个很简单的动作，大白要把它练就成脸颊倾斜 45 度，眼睛自然无违和，嘴角微张不浮夸，手臂和臀部都要呈现出完美的弧线。

这个动作，大白不眠不休练了一个星期。开拍前一天，大白拉稀拉了一晚上。演的时候他都拉虚脱了，整个人面目扭曲，佝偻着身子，有气无力地说：前面左转。

大白想说：导演，再来一条吧。

结果导演冲着男主人公说：Cut！很好！

前段时间有部片子叫《我是路人甲》，因为排片很少，大白故意请了个假去看。据说那天看片子的人也很少，大白一个人坐在空空荡荡的电影院，脱光了上衣擦眼泪，湿了半条衬衫。

大白说，有的故人，有的往事，都是不能回忆的东西，否则容易内伤。

大白回忆他参演的第二部片子，也是带着蛋蛋的忧伤，哦不是，是淡淡的忧伤。那是一部伦理大片，大白在戏里饰演性感漂亮的女主角的老公。

而且，有床戏。

那应该是大白最期待的一部戏，而且辗转反侧几个晚上以后，他做了一个重大决定：如果导演非要逼他，可以为了演艺事业奉献出自己的一切。

一切……

故事的情节是这样的：酒醉后的大白深夜回家，背对着妻子倒头就睡。鼾声起，F罩杯的娇妻就在丈夫旁边跟他的司机偷情……

我们都说，因为曾经有一个波霸媳妇，所以大白这辈子都不会再爱上别人了。此谓曾经沧海难为水，曾经F难为A……

后来我们偶然获知，大白其实也是有爱的，只是从来不告诉我们。

有一次大白和单位的同事聚会，喝了两瓶啤酒就醉成了一摊烂泥，被人扶着去厕所吐了好几回，回来以后就趴在桌子上大喊一个女孩的名字。

同事一听：哎哟喂！这不谁谁谁嘛！

打那时候我们才大彻大悟：原来大白不搞基。

我们都见过谁谁谁，在婚纱店工作，是一个摄影师。大白陪同事拍婚纱照的时候认识的，不知道怎么着关系就变亲密了，之后经常带她出席各种各样的朋友聚会。他给我们介绍的时候说：这是我闺蜜，小雅。我们都说，这小雅姑娘好，哪儿哪儿都好，就差一样，是个A呢。

大白有一辆小摩托，常常骑着它带小雅穿梭在城市的大街小巷。济南PM2.5爆表的时候，大白就给小雅脸糊上一个形状酷似内裤的大口罩，说：这样妈妈再也不担心你中毒啦！

几乎每个街头巷尾，都闪过大白和小雅的身影。摩托车在小巷子里穿过的时候发出"嗡嗡嗡"的声音，特别拉风。

大白提起小雅姑娘的时候满面桃花心似水，但是一直不承认对人家有非分之想。我想起一句话来，有多少恋人都是从朋友开始的，何况大白和小雅都上升成闺蜜了。

闺蜜闺蜜，什么叫闺蜜？闺阁中的密友，都跑人床上去了，大白要是再搞不定，就无颜面对江东父老了。

后来我们发现，大白确实搞不定。

因为人家小雅姑娘，早就名花有主了，男朋友不如大白高，不如大白帅，但是车是四个轮的。每次小雅和四轮车吵架了，都会给大白打电话。大白就骑上他的二轮小摩托，带着小雅各种兜风，沿着那么长的经十路，再顺着哺育中华儿女的黄河，从白天兜到夜晚，直到小雅的五脏六腑被颠得掉了个个儿，小脸儿煞白地拍拍大白后背：我、我想吐……大白也就完成了他的使命。

然后大白再骑着他的小摩托，把小雅送回四轮车的身边。

我们知道大白的悲情故事的时候，都哭了。果然是戏如人生，人生如戏，无论是戏里还是现实中，大白一直兢兢业业、凄凄苦苦扮演着他路人甲的角色。

于是我们给大白起了个时下最时髦的名字：暖男。用他身上的一点小火苗，温暖别人两口子的二人世界。

我们曾试图给他介绍女朋友，高的美的白的富的、胖的瘦的男的女的，全都试过，统统被他拒绝了。大白说，心里装着一个人，心胸就变得很狭窄，再也容不下另外一个。

虽然大白没有女朋友，但他有一腔十分浪漫的情怀——他把他的家里的每一件家具或者饰品都定义了属性：母的。

他家的床是母的，吊灯是母的，去花卉市场买一盆绿萝，张嘴就问：老板，给我来一盆母的绿萝。

老板被问蒙了，随手拎了一盆：来，这盆就是母的。

大白有一女同事养鸟，怀孕了以后变得特别敏感，没法和一切带毛的动物共处一室，打算把鸟送给大白。

大白问她：啥鸟啊？

女同事跟大白说：鹦鹉。

大白问她：公的母的啊？

女同事回答他：母的。

母鹦鹉凭借自己有竞争力的性别成功被请进了大白家。同事告诉大白，鹦鹉小姐是只极高冷的鸟，平时《甄嬛传》看多了，说起话来特别有格调。

　　有了这只有格调的鸟以后，小雅再和四轮车吵架，大白也不骑着小摩托带着她到处兜风了。带小雅回家，跟鸟说说话，跟鸟聊聊天，跟鸟唠唠嗑，哪怕心冻成大冰溜子，也能给化开。

　　鹦鹉果然特别高冷，大白专门跑超市给它买进口的鸟食，国产的都不吃。喂两口，喊一句"皇上万安"；再喂两口，喊一句"华妃万安"，听得大白心里美滋滋的。我们都说，为了讨小雅开心，大白也是无所不用其极。

　　2013年的时候，大白买的房子交了房。三室两厅的房子，大白把其中一间最大的墙面涂成了粉红色，被单被罩无论是在样式还是颜色方面都具有浓重的女性特征，还偷偷准备了一套女性的睡袍，一套女性的洗漱用品。

　　一个一米八五的山东大汉有这癖好，让我们这一堆朋友特别忧伤。

　　搬新家的时候我们一众朋友帮他搬东西。三十多岁的单身大白东西真不老少，锅碗瓢盆、柴米油盐，一应俱全。破旧的不成样子了，但是大白不许我们扔。他说这是他千里迢迢从北京带回来的东西，从他演路人甲的时候就跟着他，它们身上每一道疤痕磕破的时间、地点，大白都能说出来。

　　大白从"前面左转"到头戴一顶翠绿色帽子的老公，从表演艺术家到摄影师傅，就是扛着这些家伙什儿一路走来。

所以，不准扔。

所以，我们不扔。

搬家那天小雅姑娘也去了，屁颠儿屁颠儿跟在大白身后忙活，把那间涂成粉色的房间擦了又擦。大白看得直乐，顿时整间屋子飘起春意盎然的暧昧气息。我们也终于明白，大白最大的那间屋子，真正的主人是谁。

搬了新家，大白特意去宠物店给他的鸟打理了羽毛，鹦鹉姑娘显得倍儿有精气神儿，昂首挺胸立在笼子里傲视着我们每一个人。

大白有一损友，因为肤色和嘴都很黑，所以大家都管他叫大黑。他问大白：你不是说它会喊"皇上万安"吗？吹牛×呢吧！

大白于是给了它几颗进口鸟食，鹦鹉姑娘斜着眼睛看他：皇上万安。

趁大白手把手教小雅擦地的时候，有人把大白藏在冰箱里的进口鸟食拿出来，喂了它一大把，说：傻×。

鹦鹉兴奋地扑闪着两只翅膀，认真地学着：傻×！傻×！

后来大白和鹦鹉姑娘的关系着实紧张了一段时间。有次大白有个出差的任务，把鹦鹉姑娘寄存到宠物店几天，回来以后发现一个惊天大阴谋：它怀孕了！

这简直像一个晴天霹雳，让大白痛苦得不能自已。大白马上回忆起，那是一个阴暗的夜晚，大白醉酒回家，栽倒在自己的娇妻身边。

身后的妻子呼吸急促，搞得大白面红耳赤、心潮澎湃……只是，他参与不了。非但参与不了，甚至连转头看一眼也不行。导演不让。

大白再次有了那种参与不了，连看也看不到的感觉。

鹦鹉姑娘怀孕以后，大白几天没理它，不给它吃进口的粮食，连国产的也不给。鹦鹉饿得直叫唤，于是大白穿着趿拉板子出去拎回一个西瓜，把啃得雪白雪白的西瓜皮扔给它。

鹦鹉姑娘终于按捺不住，收起它高冷的格调，冲着大白喊：傻×！傻×！

曾经有一阵子，大白自闭了一段时间，下班就走，拒绝各种聚会，谁也不让谁去他家。

我们说：你家肯定窝藏了个女人。

大白说：我们家窝藏的全是女人。

他说的没有错，除了大白，他们家全是女人，连鹦鹉也从一个高冷的小姑娘变成了怀了孕且会骂"傻×"的母鸟。

其实我们都知道，那段时间小雅跟四轮车闹分手闹得鸡飞狗跳的。据说四轮车把原来送给小雅的包和首饰都要回去了，小雅挠得四轮车满脸花，挠得自己指甲缝里都是皮屑和血。

小雅一个电话，大白就屁颠儿屁颠儿地骑着小摩托，拉上小雅和她的一小包行李住进了大白的新家。

对于大白和小雅同居不同床这件事，我们发表了很多意见。有的人说，你该把那几条破了洞的内裤都扔了。也有人说，想要征服一个女人的心，先征服她的身体。

大黑问了一个问题很中肯：她一个月得花不少钱吧？

专注损友三十年，大黑这句话高级黑，看似简单的一个问题，一下戳中了一个摄影师傅的心酸和无奈。

大白扛着十几公斤的器材顶风冒雨拍一个月，挣的钱算是够给小雅买一个包，但他就不能给他的小摩托加满油，带着小雅逛街窜巷了。小摩托"嗡嗡嗡"一天，震得耳鸣一个礼拜，眼睛直冒火星子。

后来发生了一件让大家感到很悲情的事。

大白说，他要去一次远行，到河南、新疆、西藏还有更多、更远的地方去，拍一组大片出来。

大白的这句话够我们诧异半天的，因为他是一个连煎饼果子里是不是加个蛋都要盘算的人。

大黑问他：你不攒钱买充气娃娃了？

大白骂了他一句：扯淡！我什么时候想买充气娃娃了？

的确扯淡，充气娃娃的梦想，早就从大白把墙壁刷成粉红色的那一天升级了。

　　大白告诉我们，在离开这个圈子以前，他要参加今年的金镜头奖，不给自己摄影记者的生涯留下遗憾。

　　大白说：随便弄个金镜头奖玩儿玩儿，以后留着吹牛用。

　　大黑问他：你不干记者了？

　　大白回答他：不干了，干了这么多年，干不动了。

　　从此生存与生活，各安天涯。

　　大白用他的切身经历给我演绎了一遍，爱情是多么伟大的一件事。什么狗屁理想，什么狗屁道义，到底是能给我一床柔软的媳妇还是养活媳妇的钱。

　　都不能。

　　大白以拍片的名义离开了一段时间。大黑说他一定是风餐露宿，亡命天涯。

　　为什么呢？

　　因为要留着钱给小雅买包啊。

　　大白毕竟是演戏最好的摄影师傅，一路走来给我们传回来的大片绝对够震撼。每一张图片都像他的人生一样悲催苦情，让人看了就想哭。

　　后来我们发现，他给我们发回来的自拍照，远比他的大片让人绝望。照片里胡子拉碴的大白坐一破敞篷三轮车里，啃着一包方便面。

大白给这张图配的文字是：真怀念我的小摩托啊！

大白把这趟长足旅行定义为一场对自己感情的救赎。走完这一遭，他就迎来了一个崭新崭新的世界。

那里或许没有理想，但有花有草有媳妇，多美好，想想做梦都能笑醒。

有个梦，大白已经做了十年。从他背上摄影包的时候他就开始做梦。梦里，他是一个行侠仗义的侠客，只要相机一咔嚓，那绝对就是能除暴安良救百姓于水火。

他梦里的爱人，没那么高，微微发胖，或许在一家婚纱店打工，专门给结婚的小夫妻拍照，所以常常跟幸福的人们待一起，人也会变得开心。

这样两个摄影师傅在一起，一个除暴安良，一个记录幸福。最佳拍档，天生一对。

只可惜大白的美梦还没笑醒就被一辆突然闯进来的小宝马给碾得稀碎。

大白回济南的那天，四轮车换成了宝马，把小雅从大白家里接出来。同时跟小雅走出来的，还有四五个拎着油桶的工人。

小雅说：我把粉红色的墙给你换了个颜色，希望你能喜欢……

大白问她：能给我个理由吗？

小雅摇摇头，又点点头：理由很简单，我就是想有一辆……有号码牌的车。

大白一笑：多大点屁事儿！我给我摩托车上个牌！

虽然小摩托车连发动起来也特别困难了，大白还是执意给它上了个牌。大黑陪他去的，怕他会想不开。大白到了车管所问人家：给我来个牌，有SB250吗？

大黑趁工作人员一脸蒙圈状，赶紧把大白架出去。

在小雅从大白家里搬出去以后，大白有一段时间变得神经兮兮的。说来也可恶，小雅为了彻底断绝和大白的关系，把他家里墙壁的粉红色改涂成翠绿翠绿的颜色。

绿色，又是绿色……大白都快疯了：我他妈最讨厌绿色！

第二天大白就去宠物店，说：把我鸟毛里面的绿色给我挑染一下，给我换成……红色。

大白的鸟斜眼盯着他看：傻×！傻×！

因为宠物店没有挑染这项目服务，可怜的鹦鹉姑娘算是逃过一劫。

大白跟小雅的关系不算是分手，因为没有合过，就无从谈分。所以确切来讲，应该是无疾而终。后来大白辞职的传闻闹得沸沸扬扬的，有人提前送上离别的眼泪，有人笑着说"恭喜恭喜"。消息传到主编的耳朵里，顿觉痛心疾首的主编找他谈话说：大白啊，你离开这个圈子，是媒体界的一大损失……

大白装作听不懂的样子：Sorry……I don't understand！

主编问：你不是要辞职吗？

大白一副义正词严的模样：不辞职。和谐社会，需要我。

大白说，媒体是一个被冠以太多意义的圈子，比如责任，比如真相，比如道义。其实它从某些方面承载了太多被硬塞进去的东西，有人寄托了过重的希望，有人给予它太厚的苛责。

深陷其中，太痛苦；想跳出来，不忍心。

大白像娘们儿一样痛哭了一场之后，终于还是决定背着他的相机过一辈子。他说以后哪怕出现一个 F 罩杯的姑娘，他也不会再试图跳出这个圈子。再美的爱情，也不应该是放弃理想的借口。

在这个圈子里，大白绝对不是最悲情的一个角色。

走的路多了，也就成了一个流浪者。他一路捡一路扔，经历着痛苦的辛酸的绝望的，也许是美好的一切。

最终，成为哪一种人，就看他是选择牢记还是遗忘。

你是我

可以到达的远方

我们每个人都有故事。无论是欢喜的，还是静默的。无论年少的，还是年长的，总归是有的。

就好像你说，有一年的夏天，风扬起了色彩斑斓的经幡。偶然间我听到有人细侬碎语，在耳边诵着经，讲着人生。我看不见它的颜色。

只有你，才知道它真正来过。

杨南硬说他在二十八岁之前都是一个没有故事的人。

没故事的杨南从中学就开始谈恋爱，以每年至少换一个女朋友的频率，在他二十二岁从山艺毕业以前，成功地交往了十个以上的女朋友。

我在杨南二十七岁的时候认识他，那时候他还没有找到一个正儿八经的工作，每天混迹在不同行业的朋友中间，今天打算投资拍电影，明天打算开众筹咖啡馆。更多的时候，他还是做回他的老本行，给人画点插画，挣点烟钱。

认识杨南有一年的时间，算上绯闻的，他一共谈了仨女朋友，每个都是前突后翘妖媚得不行。之前的我们都没见过，但是最后一个我们都觉得不错，人长得漂亮，关键人家是医科大在读硕士，以后出来就是白衣天使。

天使被前任的当天，杨南在酒桌上被放倒了。众人都挺着急，问杨南：到底是人家女孩不行，还是你不行？

杨南说：别闹了，她说毕业就跟我结婚。吓、吓……死我了。

杨南着实被吓坏了两三个月。在那段时间，杨南像人间蒸发了一样，生不见人，死不见尸。有朋友说，他可能被女硕士拖去结婚了，然后，死在了婚姻的坟墓里。

很久后的一天，我发现杨南原来微信里的签名早就换成了——再见了朋友，我去了很远很远的远方。还标注了时间，7月7日。

2011年6月的时候，杨南通过朋友认识了在藏区做生意的老狼。老狼少言寡语，但喜欢交朋友，每年至少在藏区和山东往返一次，开着他破旧的勇士汽车，拉上两三个朋友，斗志昂扬而去，风尘仆仆而归。

杨南扬起脖子，吹了一瓶53度的白酒，从老狼那里生生要下来一个名额。

同行的一共有四人，除了老狼、杨南和心心，还有一个叫五月的大学生。五月是个浓眉大眼的姑娘，喜欢说话，管杨南一口一个"哥哥"地叫着。

她问：杨南哥哥，你是学什么的呀？

杨南说：学美术的。

五月从车座上蹿起来，差点把车盖子顶起来：哎呀呀！我也是学美术的！我学油画的，你呢？

杨南眯着眼睛，假装睡着了。

老狼的勇士车冲进了一个深深的水坑，从车里能清楚地听见"砰"的一声，溅出的水花崩出好几米远。

杨南被颠起来。

五月还在问：杨南哥哥你醒啦，你是学什么专业的？

坐在副驾驶的心心，安静地听着老狼车里的音乐，认真地望着远方。

老狼的勇士第一次停下来是在太原。

杨南、心心和五月三个人都被老狼的音乐声震得头昏脑涨。杨南说：我想尿尿，你让我下来，好歹呼吸呼吸空气。

老狼把车停到服务区，自己蹲到一边抽烟。

心心有些晕车，和五月搀扶着去洗手间。杨南尿完尿去找老狼抽烟。

杨南从老狼嘴里抢下半支烟，塞进自己的嘴里，狠狠地吸了一口，说：真解乏！

老狼又点了一支，塞给杨南一支，指着西边说：不远的地方，就是我们要去的地方了。

杨南有些诧异：还多远？

老狼说：不到两千公里吧。

两千公里的路程，老狼不开快车，不开夜路。

94

杨南他们三个，在车上除了睡就是睡。他们睡他们的，老狼自己开自己的，把音乐调得很大声，跟电影院的立体环绕效果似的，轰隆隆在耳边响。

杨南问老狼：你这动静也太大了，也不怕震坏俩姑娘。

老狼说：习惯了就好了，开长途的人，耳朵都背。

杨南不知道自己浑浑噩噩睡了几天，白天在车上睡，晚上在宾馆睡。两千里下来，快散架子了。

不光杨南这样，两个姑娘更是。五月在服务区顶着惨白的小脸蛋儿，说：杨南哥哥……我想回家。

杨南一愣，说：要不，我给你买张机票你回去？

杨南捏捏口袋，六百块钱，不知道能不能从这里飞到济南。

五月摇摇头，说：我来是要给我姐姐画布满大草原的经幡，她刚刚失恋。听说经幡能给人带来好运。

杨南说：你还有力气画经幡？

五月说：实在不行，我让心心姐帮我拍照，她的相机特棒，那一套装备十几万。

杨南瞅了一眼旁边脸色同样苍白的心心，正忙着拿她的十几万拍照。

五月偷偷问杨南：杨南哥哥，我们……能不能吃个苹果？

杨南想起了后备厢的两箱烟台大苹果，又红又甜，想得人口水直流。

杨南很豪情地说：吃！有啥不能吃的。

杨南跑到车上拿过来三只苹果，从身上抹了抹，一人一个。心心愣了一下，问杨南：老狼不是说不能吃吗？

杨南说：没事，少卖不了几个钱。

大西部天空很蓝，空气清新，可不管饱也不解馋。心心犹豫了一下，说：吃！爱咋地咋地！

杨南狠狠咬了一大口，说：大不了把身上的钱，都赔给老狼。

老狼抽烟回来，看见三个人的烟台大苹果只剩下了核。

老狼瞪大眼睛，吼道：谁让你们吃的？

五月快吓哭了。

杨南说：老狼这你也太夸张了，大不了赔你钱。

老狼说：你懂个屁！你个败家子！

杨南急了：你骂谁？我跟你说，别以为我坐你车，吃你的喝你的住你的，我们就得什么都听你的……

心心扯了扯杨南的衣服，说：你别说了——老狼，是我们不对。

车开起来。

老狼车里的音乐声依然很大。五月像做错了事的孩子一样，在杨南旁边不说话。这还是杨南头回见到五月不睡觉的时候闷不作声。

到了下一个服务区，老狼把五月拉到了副驾驶，硬生生把心心塞到了后座。

老狼说：败家子你好好跟心心学学她身上的气质。

杨南被训得一愣，他看一眼心心，一米六，平胸短发，气质从何而来？

老狼说，这是最后一次停歇了，再走几百公里，就进入藏区了。

老狼正儿八经地回过头，告诉大家：进藏区前，我原谅你们了。

老狼四十有五，板寸，满头银发，高大精瘦，满面红光。他嘴里说出"我原谅你们了"的时候，心心眼里有泪花。

杨南有些诧异，口里小声嘀咕一声：切。

剩下的几百公里，杨南他们三个人实在没办法睡觉了，因为实在太颠了。从西宁入藏区没有高速公路，一路上杨南的肠子在皮囊里上下蹿动，但凡零部件松散些，整个人都会散架。

五月坐在前面略好些，心心坐在后面，娇小的身体即便系着安全带好像也快飞出来了。

杨南因为进藏区不适应，加上没吃东西有些发烧，脸色煞白。作为三个乘客中唯一的一个男性，杨南只能忍着，高低忍着。

在杨南感觉特别后悔要来这破地方来遭罪的时候，心心用柔柔弱弱的小手，紧紧抓住了杨南。

她说：坚持住杨南，我们快到了。

杨南睁开眼睛，心心瘦小的脸惨白，嘴唇干裂，额头冒了一颗又红又肿的痘。

老狼在前面吼：看到没败家子，人家这么瘦的女记者都比你强！

杨南没理老狼，对着眼前的平胸姑娘说：我就说，除了女记者，还能有谁胸这么平？

刚进藏区，大家刚要兴奋起来，老狼的一个消息马上把大家的热情之火浇灭了——油表坏了。

老狼说：我们现在没油了，往前150公里，有个油站，往后200公里，有个油站。

五月快哭了，问老狼：我们是要死在这了吗？

老狼哈哈大笑，说：傻妞，谁死了你也不会死。

五月忽闪着大眼睛问：为什么？

杨南说：你看你那肥肉，自给自足能够一个月的。要死也是心心死你前边。

心心拍了杨南一巴掌，说：臭嘴。

七月份的夜晚，躺在户外睡觉不算难挨。老狼告诉杨南，十一月的时候，他也睡过藏区的大草原。有的时候，他觉得人的生命真的很强大，只要有信念，冻不死，也饿不死。

老狼问杨南：败家子，你老实告诉我，你连命都可以不要，为什么不可以好好生活？

他说：我怎么就不好好生活了？

老狼笑道：没法养活自己的人，也算是好好生活？

杨南问：就是因为我不用养活自己，所以我这样活。再说，我什么时候不要命了？

老狼说：一瓶白酒下肚，我要不救你，你早没命了。

杨南没吱声，一轱辘爬起来蹿出帐篷。他躺到不远的空旷处，仰望着夜空，两个姑娘在另外的帐篷里，应该已经呼呼大睡了吧。

不一会儿，心心也从帐篷里钻出来，在杨南的旁边坐下来。

杨南说：嗨。

心心说：嗨。

安静了好一阵子，杨南找个话题打破沉默：其实我还没原谅老狼。他……太小气了。

心心说：也许他有他的原因。

杨南说：嗯，也许吧。老狼这么小气有他的原因。那么你呢？你一个人千里迢迢，跑来这里做什么？

心心没回答杨南，反问他：你还发烧吗？

杨南摸摸自己的额头：你的手比药还管用。

心心又问：你呢？你来藏区做什么？听说你为了来这里，喝掉了一瓶白酒。

杨南说：我来这里……为了证明自己。

心心问：证明什么？

杨南被心心问住了。

对啊，来这里……是为了证明什么呢？

很多时候杨南都在想，其实只要他有一点让步，他可以和父亲保持一种非常和谐的父子关系。

但是杨南没办法让步，在十八岁之前，他完全不知道自己爸爸是个什么模样。甚至在接下来十年的人生里，杨南常常质疑：他真的是我爸吗？

严格意义上来说，杨南应该是个留守儿童。在他三岁的时候，他爸去国外打黑工，一打就是十五年。在国外从黑工到洗白，从打工仔到老板。

在杨南十八岁的时候，他爸回国站在杨南的面前，是一个比陌生人还要陌生的人。

心心听了杨南的故事，也很难过。她告诉杨南：我采访过许多留守儿童，他们……

杨南急得跳起来，拍拍身上的灰：请你不要用"留守儿童"这几个字来形容我。我都二十八了，在古代，都当爷爷了。

过了一整天，没有一辆车从这里经过。

杨南问老狼：我们不会真死在这儿吧？

老狼从后备厢拿了一个苹果切成三块,分给杨南、心心和五月。自己从水壶里倒出一丁点水,润湿了嘴唇。

老狼说:要做好一个星期都没有车经过的准备。

五月咬了一口苹果:一个星期?那不真死了。

老狼跟大家伙儿交代,尽量不要说话,保存体力,讲话多了容易口干舌燥。五月忍不住,缠着杨南,让他讲他和几个大胸女朋友的故事。

五月问他:你都怎么把她们追到手的?

杨南牛哄哄地告诉五月,说:我跟她们说,美女,我一幅画能卖三十万。我给你画个肖像?

五月被惹得哈哈大笑,问:她们就愿意让你画?

杨南摇摇头:问十个的话,能有两个让我画吧。

五月说:那我以后也这样找男朋友,你说行不?

杨南说:你不用,你这身材……你等着别人画你就行。

中午每人吃了半块面包,一根火腿肠。

杨南凑到心心旁边。

他说:喂,女记者,我……对不起。昨天晚上有点着急了。

心心把相机收起来,说:没关系。每人都有不能碰的底线,我理解。

杨南问:那你跟我说……你采访留守儿童,都采访出来什么了？

心心说：有很多体会。比如说，我觉得他们都应该比其他人更强大。

杨南问：为什么？

心心说：因为比别人少拥有一些，就应该比别人多拥有另一些。

杨南问：还有吗？

心心犹豫了一下，说：我觉得，他们的父母都值得被尊重。他们为了给自己、给孩子更好的生活在外面辛苦打拼，他们在外面的标签可以是建筑工人，可以是洗碗工，可以是都市白领，但他们更希望自己是好爸爸好妈妈。我曾经采访过一对环卫工夫妻，他们只住十一平米的房子，那里到了夏天又臭又热，妈妈每天想孩子都会哭。他们一个月或两个月回老家看一次孩子，带最好看的书包或者衣服回去给他们。我问过，为什么不把孩子接来。他们说，等他们的环境好一点，能住上二十平方米的房子，可能就把孩子接来了。

杨南忽然鼻子有些酸，把脸转过去，从口袋里掏出三分之一的苹果。表面已经有些发黄，还带了些灰尘。

他把苹果递给心心，说：送给你，女记者，算是道歉吧。现在这已经是我最珍贵的东西了。

心心接过苹果，用小刀切了一半下来，一半留给杨南，拿着另一半，跑到老狼身边，迅速塞到他嘴里。

杨南看着心心的背影，眼眶发热：原来胸小的姑娘，也可以这么有魅力啊……

到了第二天上午，依旧不见公路上有汽车经过。五月明显有些脱水，老狼用瓶盖一点一点地给五月喂着水。

七月的藏区，虽然晚上好挨，但是白天却烈日当空。中午头儿的时候外面连背阴的地方也没有，躲在帐篷里像蒸桑拿一样。

杨南自嘲道：不会真的就交待在这儿了吧？

心心嘴唇干得不得了，却执意不肯喝水。

杨南问心心：如果我们就必须永远留在这里了，你有什么遗憾的事吗？

心心眯着眼睛想了想，说：有啊。我还没有到达……他所到达的远方。

杨南问：他是谁？

心心抿着嘴笑，从手机里翻出一些照片。

那是一组照片，一个男孩从白面书生的模样，到出现满面的高原红，到粗壮、土气，最后完全变成一个藏族居民的模样。

心心说：那是我的男朋友。他毕了业就去藏区支教了，我曾经要挟过他，只要他从藏区回来，我就嫁给他。

杨南小心翼翼地听着，不敢说话。

心心说：他答应过我的，说再过一年、一年半，后来是两年……

有一年地震了，他就再也没回来。我想过来看看，为什么当初他不肯回来。三年了，我不敢过来看看他。现在我鼓足了勇气来看看，他曾经离我那么远那么远……究竟，是有多远。

傍晚的时候，有辆往藏区输送物资的小货车经过。五月大喊着得救了。老狼和心心，包括杨南，都各怀心思保持沉默。

越靠近玉树，路两旁的经幡越多。五月兴奋极了，大叫着她要下去画画。

老狼告诉五月，我们比预计晚到三天了，现在画是画不成了，你让你心心姐姐多拍几张照片吧。等办完正事，让你画个够。

到了玉树，人们见到了老狼都很亲切。老狼给村民们介绍杨南他们，说：这是我的朋友。

活佛专程出来迎接老狼，用手摸着杨南、心心和五月的头。

老狼解释说：这是给你们带来好运的意思。

老狼简单休息了一下，往车里储备了些水和干粮，往下一个目的地囊谦进发。

那里有一座叫作尼吉赛的小学。老狼的车轰轰隆隆地向尼吉赛驶近，孩子们听见了老狼的汽车声，都兴奋地大喊着跑出来。

孩子们像是见到久未见面的亲人，将老狼扑倒在地，抱在怀里亲昵。老狼一个劲儿地大笑着，笑着笑着，就流出了眼泪。

五月也抱着心心哭了。

杨南像傻了一样，站立着，动弹不得。

尼吉赛小学的老师脸上的高原红，还没有那么红。老狼上前拥抱他，说：我迟到了。

老师说：不晚，不晚。

老师组织着孩子们排成一排，杨南捧着一箱烟台大苹果，心心和五月郑重地捧着书和文具，由老狼一个一个地发给孩子们。

杨南说，他永远记得，有一个拿到苹果的孩子问：这是什么呀？

杨南跪在地上就哭了，泪流满面。

那一天晚上，老狼睡得很踏实。

烟台大苹果老狼是许给孩子们一年的承诺，虽然迟到了几天，他还是兑现了。老狼在木床板上打着呼噜咬着牙，做梦都在笑。

杨南和心心很晚都没有睡，他们坐在很高很高的土墙上。

杨南说：老狼说我以前宁可死，也不愿意好好生活。

心心问：是那样吗？

杨南说：可能是吧，但以后不会了。

心心垂下头：哦，那就好。

杨南问心心：那你呢？你到达了……他所到达的远方了吗？

心心点点头，又摇摇头。

她说：杨南……

杨南：嗯？

心心说：我想好了，我会留在这里。

杨南一愣。

囊谦的夜空有着说不清的清澈和宁静，天上的星星一颗一颗，好像只要努力，就可以数清楚。在不远的地方，有经幡在窸窸窣窣响动，老狼说那是风在虔诚地诵经。

那时的杨南，装着满满的心意和故事，想诉说，却又不忍心。

大片大片的沉默以后，杨南鼓足勇气，问心心：如果我挽留你……

心心说：三年。我要留在这里三年。

临走的时候，老狼和五月都在和囊谦告别，老师、孩子，还有心心。杨南窝在车里不肯下来。

老狼跳上车，问杨南：你怎么连个屁也不放？

杨南说：谁说的？放了好几个屁。你不但聋，鼻子还不好使。

老狼的车子缓缓启动，囊谦的孩子们挥舞着小手，经幡在一旁舞动。杨南探出头，大声喊：等我，我还会回来的！

那一年从藏区回来，杨南和朋友一起开了一家画室，给人画画插画，辅导一些艺考的学生，教喜欢艺术的人画画。杨南把五月找来，让她教一些小孩子画油画。

五月问杨南：为什么我不能教大人？

杨南拍拍五月的头：等你长大了，再教大人。

五月给姐姐带来的经幡果然带来了好运，姐姐开始慢慢从失恋的痛苦中走出来。

杨南问：经幡真这么神奇吗？

五月点点头，随即又摇了摇头：是，又不是……我觉得感情真是件很奇妙的事。你越想它，它越就折磨你。你不想它了，就变得释然了。那你和你爸关系好了没有？

杨南说：老头子天天烦死了，天天给我打电话催我把心心找回来。我现在一有时间就得回家，每周两三趟。他老喽，我就趁现在多陪他看看足球，陪他吃吃饭，陪他聊聊人生吧……

三年里，老狼还是干他那档子事，做做良心生意，每年去一趟玉树，给孩子们送吃的送用的，再塞上一笔钱。

2012 年 7 月，杨南跟老狼拉着更多的苹果去了囊谦。

2013 年 7 月，杨南把自己的存款都拿出来，跟着老狼去囊谦，把钱交到了心心和孩子们的手里。

老狼问杨南：你小子行啊，泡妞泡到囊谦来了。

杨南说：远吧？

老狼点点头：嗯，有点远。

杨南说：但是我觉得很近。

2014 年，杨南的父亲因病去世。杨南终于把心心领回了济南。从囊谦回来的心心，脸上泛着些许的高原红。杨南很感激心心，如果不是她的那一番话，杨南可能这辈子也没有机会在父亲跟前尽孝。那样，他永远也不会原谅自己。

这一年，杨南走过了他的三十岁。三十岁的杨南，终于承认自己自始至终都是个有故事的人。

有一年的七月，老狼、心心、五月、经幡，还有吉尼赛……

这些都是他的珍藏的故事，都是他曾经到达的、很远很远的远方。

输一回吧，姑娘

我因工作的关系，认识一些媒体圈里的人，导演、编辑、记者、主持人，山东的、黑龙江的、北京的、重庆的、成都的、杭州的、新疆的、内蒙古的、海南的……

当然排名不分先后。

媒体人在我眼中一直是一个很特别的职业，他们会遇到很多人，听说很多故事。他们大部分时候说实话，有些时候却不能说实话。

所以基本上我认识的每个媒体人都是个话痨，都是给憋的。而且他们都是有个性的，不服输的。

2013 年大年初三，我去青岛坐飞机回东北老家，因为带的行李比较多，所以朋友托在青岛做记者的方晴接送我。

方晴是典型的青岛土著居民，热情好客，眼神里透着倔强。接我的时候是深夜，方晴说怕我晚上休息不好，就随便带我去超市买了些吃的回酒店填填肚子。

第二天，方晴和她的未婚夫送我去机场，还十分热情地请我吃了一顿饭。吃饭的时候聊天才知道，原来方晴和她未婚夫送完我就要去他家里给老人拜年了。我感到特别不好意思，大过年的耽误了人家正事，还蹭一顿饭。于是我从送亲戚朋友的礼物中拿出了一盒茶叶送给方晴。

我当时不知道，就是这一盒茶叶惹了弥天大祸。

这次见面以后，我们通过微信互相关注了对方。我想如果以后方晴有机会来济南，我一定好好招待她。

没想到，这个机会比我想象的要早很多。

2014 年的夏天，我收到方晴的信息说，她要来济南了。我喜出望外，欠了半年的人情终于可以还了，哪怕只是请她吃顿饭呢。

我问她：这次来待多久呢？

方晴说：去济南见一位老师，第二天就拐道去西藏拍婚纱照。

我说：终于要结婚了。

她回答我：对啊，终于要结婚了。

我去方晴的酒店接她，方晴一出酒店的大门，我就傻眼了。她的身边站着一个高高的男孩子，看上去很阳光帅气，可是，并不是过年的时候我去青岛时见到的那个。

方晴给我介绍说：这是赵平凡。

虽然是第二次见面，但是我和方晴其实已经是认识了半年的朋友了。我们经常在微信里闲聊，有很多话题可以说。

才聊了两句，方晴就说要给我带来一个重磅的消息。我以为她会说"我怀孕啦"，没想到她说"我辞职啦"。

我着实被惊到了。

　　我知道女记者这个活儿不是一般的辛苦，也知道方晴经常加班到深夜，有的时候写一篇稿子要跑到几十公里外去采访，采回来还不一定有版面发。即使有版面，也许只能发一篇豆腐块大的稿子，几十块的稿费，连油钱都不够。碰见了生活窘迫的被采访对象，方晴还忍不住从可怜的工资里抽出一部分救济他们。方晴经常说：这是困难户关心困难户。

　　方晴这个困难户工作了几年，完全没有存款，车还是家里给买的。

　　方晴是一个心直口快、不会逢迎的人，所以她的部门主任永远给方晴派最重的任务，月末考核评分的时候，方晴也永远是得分最低的那一个。

　　可是尽管如此，方晴还是对记者这个职业怀有感情。做一个好记者，是方晴的梦想。所以在这个"女人当男人使，男人当牲口使"的记者圈子里，方晴从来没有想过要离开。如果离开了，她就是认输了。

　　方晴说自己是一个永远不会对生活认输的人。

　　饭吃到一半的时候，赵平凡出去接电话。

　　方晴说看他的严肃表情，这个电话起码要打半个小时以上。于是她马上探过身子来问我：你觉得赵平凡怎么样？还不错吧？

　　我点点头：确实还不错，不过……

　　方晴问：不过什么？

我说：不过怎么不是上回那一个？

方晴显然有些扫兴：我以为你会有什么独到见解呢。不是上回那一个，就说明上一个分了呗。

我问她：为什么？

方晴说：因为你的茶叶呗。

我不解：因为我的茶叶？

方晴喝了一口茶，给我娓娓道来我的茶叶是如何让她和前任分手的。

我擦干净嘴上的油，准备且听她一说。方晴看了看我，说：不用那么期待我讲故事，其实很简单，就是我前任要把你给我的茶叶送给我最讨厌的主任。

我问：然后呢？

方晴回答：没然后了。

我说：那你就给他呗。

方晴说：不行，那样会很没骨气。

我问她：就因为这么一点小事？

方晴点点头，又摇了摇头，说：是，但也不完全是。我觉得……他特别不理解我。

我问她：怎么个不理解法？

方晴说：他一直想让我变成一个特别能适应社会的人。比如和主任改善关系，比如自己已经山穷水尽了就不用救济其他人。

可是我就不是那种很会左右逢源的人，我知道他也是为了我好，所以我一直忍。每次过年过节，我都特别害怕，怕他会买了一大堆的东西让我送这个领导那个领导。后来变成我几乎每天都害怕和他见面，好像我做的每一件事都不对。其实这也就算了，最让我不能理解的是，有一次我去采访一个特别困难的家庭，孩子得了白血病，我一看就特别纠心，就把身上所有的钱都塞给孩子了。结果回来的时候车没油了，加油站不能刷卡，我身上又没钱，就给他打电话。他见到我之后就特别凶，怪我不给自己留条后路。我就说，你不就是我的后路吗？

我问方晴：那他怎么说？

方晴学着他的前任，脸一黑，说：他说，我不是，以后这种事别叫我。

我问：然后呢？

方晴说：然后我就觉得他这个人怎么这么王八蛋呢，就跟他分手了呗。

我长舒一口气：哦，原来不是因为我的茶叶啊。

分手以后，方晴有一段时间都走不出来。

方晴说：还是我最讨厌的主任救了我。

有一天凌晨三点，方晴接主任的电话，说有一个突发新闻让她去采访，方晴抓了车钥匙就出发了。

等采访回来，车没油了，方晴就去加油。到了加油站，方晴才发现，她不但没油，还没钱。这回她着急出门忘了带钱包。

前尘往事心酸委屈一下都涌上心头，方晴突然蹲到地上就哭了。

这时候有一个人拍了拍她，问：你没事吧？

方晴抬起头，看见一个男孩已经递上来一张纸巾。

方晴问他：你能不能借我一百块钱？

男孩一愣。

方晴马上改口：五十也行。没钱加油了。

男孩掏出一百块钱，递给她。说：给你一百吧，别哭了。

方晴加了一百块钱的油，递给男孩一张名片，说：回头你把账号发给我，我把钱还给你。

男孩接过去，也递给她一张名片，说：不还也行。

方晴低头看了看名片：赵平凡。

后来方晴没把一百块钱还给赵平凡，因为他始终也没把账号发给方晴。就在方晴快把这件事忘了的时候，有一天赵平凡给方晴打电话，说：你还记得吗？赵平凡，一百块……

方晴一拍脑门儿，说：对不起对不起，你快把账号给我，我把钱打给你。

赵平凡说：我不是那个意思。其实，你可不可以用那一百块请我吃个饭？

方晴一愣，说：好啊。

方晴找了一家西餐店，她固执地觉得西餐好像和赵平凡这种有礼貌的男孩子很相配。不过赵平凡抢着埋了单。

方晴有些为难：那我应该还你多少钱呢？

赵平凡说：其实一百块钱你不用放心上。不过你要是真觉得欠了我的，你可以下次请我吃饭。

一来二去方晴又请了赵平凡几次，次次都是赵平凡抢着埋单。方晴终于明白了，赵平凡这是追求她呢。

方晴说：当时就觉得吧，赵平凡这个人挺不错的，就是太温柔了，不爷们儿。

后来方晴很少答应请赵平凡吃饭，忙起来的时候，甚至不接他电话。

有一次方晴采访一个困难家庭，因为这个家庭的困苦，方晴流了眼泪，给他们塞了钱，写稿子写到深夜。可最后还是疏忽，把"病重"写成了"病亡"。

这个家庭因为方晴的失误，召集了二十几个人举着横幅喊着口号，到方晴的单位门口讨说法，一讨就是一个多星期。说如果不赔二十万精神损失费就会继续讨，还会告到法院去，告方晴，告方晴的单位，告到他们身败名裂。

方晴傻了，她没想到那么美好的初衷也会给自己惹来这么大的麻烦。

　　方晴说尽了好话，单位的领导也替方晴说情。方晴说得吐沫星子都干了，最后和这个家庭协商着赔十万块，方晴和单位各负担一半。

　　一个星期以后，这个困难的家庭欢欣鼓舞地撤去了方晴单位门口的横幅。临走时，还对方晴说：方记者谢谢你，以后的报道你也要接着给我们报啊！

　　方晴很想说：去你大爷的！

　　可是方晴头一晕，从鼻子里挤出两个字：好走。

　　那是方晴第一次觉得自己在现实面前惨败，败得体无完肤。她在微信里发消息说：我承认我输了。

　　赵平凡踢门进去的时候，方晴被主任逼着去采访。

　　方晴说：主任，我没有心情去采访。

　　主任阴阳怪气地告诉她：要么去采访，要么滚蛋。

　　这时候办公室的门被"砰"的一声踹开，赵平凡怒气冲天地闯进来，说：去他大爷的！不干了！

　　方晴被赵平凡拉出她奉献了几年青春的大楼。

　　方晴出门就乐了，赵平凡的手里全是汗。

　　方晴问他：你怎么来了？

　　赵平凡说：你说你输了，我就知道肯定出事了。

　　方晴说：那你出什么汗？害怕了？

赵平凡说：嗯，怕。怕你怪我把你拉出来。

方晴没有答话。她仰着头，认认真真看了一眼那么高一栋的大楼，在这里，她度过了一千多个日与夜，她面对主任那张讨厌的面孔的时间比面对家人的时间要长，她的办公桌右前方的筐子里，放着她几年来写满的五本采访本。

那些都曾经是她引以为傲的资本。可是现在，对她来说已经没有任何意义了。

方晴问赵平凡：你把我拉出来了，要对我负责吗？

赵平凡使劲点点头。

方晴把这半年经历的事讲完了之后，赵平凡也打完电话回来了。我看一眼表，果然是半个小时。

我说：方晴，你真准。

方晴说：也该赢一回了。

今年九月，我收到了方晴的结婚请柬，婚期是半个月以后。

我有些惊讶：这么快？

方晴说：对啊，临时决定的。

我说：你的生活什么时候变得这么随性了。

方晴说：都输了人生了，还不随性一回。

我说：你分明是赢了，姑娘。

我给你的，

是青春啊

故事，从 2004 年的一只垃圾桶说起。

那个时候，我们读高三，班级里有一个喜欢立在垃圾桶旁大快朵颐的男生，叫苏杨。他不管吃什么都喜欢挨着垃圾桶，吃零食、嗑瓜子，或者吃盒饭。

每个经过的同学都会对着他的虎背熊腰来一掌，问他：你怎么又在垃圾桶旁边吃饭？

他抬起头，推一下眼睛架：嘿嘿……

拍他巴掌的同学已经走远了，他的傻笑还没结束。

我们曾一度担心，或许总有一天苏杨会被同学们的巴掌拍出内伤。可是直到高考结束，紧接着我们各自有了不同的人生轨迹，苏杨一直都是健康地成长，没有内伤，连一口血也没被拍出来。

说起来，我和苏杨算是有缘也有分，大概初二还是初三的时候，苏杨转到我的班级。那时候我成绩好，虽然他的成绩也不赖，在我眼里，苏杨顶多就算一个头脑还不傻的男生。

而且这个男生喜欢穿女同学的衣服躺在课桌上睡觉，远远地望去，还以为是衣服的主人长着一个宽大而壮硕的背。

由于苏杨长期借同一个女同学的绿色绸面外套来穿，班主任老师便以为衣服是他的，告诫他：苏杨，你不要再穿这种发亮的外套了，像个小痞子。

全班哄堂大笑，苏杨也"嘿嘿嘿"跟着一起傻笑。

苏杨把外套还给女同学的时候，衣服虽然没被撑破，但合缝处的缝明显变得很大。女同学涨红了脸，说：苏杨，衣服被你穿坏了。

苏杨拿过衣服来，说：嘿嘿，我请你吃饭好不好？

一个贱笑把他痞子的称号给坐实了。

为人还算正直的苏杨贴着他小痞子的标签走了很远，直到升高中的时候，许多同学接受完九年义务教育以后就辍学回家了，还有一些去了其他的高中读书。

我们俩又被分到了同一个班级，班级不算大，但人多，我和苏杨隔着好几排桌子，十几号人。有的时候苏杨来跟我说话，由于桌子和桌子间隔特别近，身材魁梧的苏杨只能斜着身子走。

我说：苏杨，你该减肥了。

苏杨又傻笑，问：今天数学老师留的作业你听清了吗？

升了高中以后，苏杨好像忽然之间就变成了对学习很用心的人，杀我个措手不及。高一快结束的时候，有个摸底考试，这次考试一结束，整个高一都要大洗牌了，谁分到理科班，谁分到文科班，谁分到尖子班，谁留在普通班，答案统统揭晓。

苏杨曾经跟我说过：你们女同学，肯定到高中就变学习不好了。

我问他：为什么？

苏杨说：因为你们有一大堆的事情要操心，比如今天是不是长胖了，今天头发是不是梳歪了，衣服是不是不流行了……

我没回答他，照着他的后背狠狠拍一巴掌。

我没有像苏杨说的那样，关心那么一大堆无关紧要的事情，可却像苏杨说的那样，成绩下滑到了谷底。

摸底考试以后，答案揭晓。苏杨被分到了文科尖子班，我是在普通班留守的那一个。分班的那天，苏杨把他所有的东西都放进了一个纸箱里。我抬头看着他，他就要搬着那个破纸箱子去一个我望尘莫及的地方了。

苏杨过来跟我告别，我鼻子一酸，差点流下眼泪。

苏杨好像也很伤感，说：我终于要离开这里了。实在受不了……这个教室的密度，走路都要像螃蟹一样横着走。

正如苏杨所说，文尖班是一个有普通班三分之二大小的教室，但是普通班有八十人，尖子班只有二十人。

我说：你再吃胖点也不用横着走路了。

我和苏杨分别有一年的时间，后来我也考进了尖子班，也同样把属于我的东西放到了一个箱子里，谁也没和谁告别，没有和我的普通班级告别，也没和我的普通同学告别。

　　因为我不知道我离开这里证明的是什么，是我更接近梦想了，还是我与普通有什么不同。

　　什么都证明不了。我只是像苏杨一样，去了一个空间更宽阔的教室。

　　如此而已。

　　我到高三文尖班的时候，苏杨已经是那个喜欢在垃圾桶旁吃盒饭的学习委员兼数学课代表了。

　　我问他：你为什么喜欢在垃圾桶旁边吃东西啊？

　　苏杨说：因为方便扔，省事。

　　我又问他：就是懒呗？

　　苏杨摇摇头，扔给我一堆和学习无关的书：省事就等于省时间啊，省出来的时间我就看看世界，否则我都不知道我懂得太少了。

　　我把书揽在怀里：这些，就是世界？

　　苏杨很认真地点点头：嗯，现在它们对我来说，就是世界。

　　后来苏杨因为"他的世界"被罚站了好几次。几乎每逢自习课上他偷着看课外书几乎都会被捉到，然后被看课的老师赶出教室，训斥他不务正业。

　　因为苏杨实在太笨了，别人偷看课外书都是一只眼睛看，留出另外一只眼睛来观察老师。苏杨不是，他本来身材高大坐前排就引人注目，看课外书的时候把书毫无顾忌地摊在桌子上，看到有趣的地方的时候还嘿嘿傻笑。

据说，苏杨从高二的时候就喜欢班里一个比他成绩还要好的小贝。小贝是我们班的团支书，个子高，人长得漂亮，多少男同学蹬着梯子够也够不着。

我告诉苏杨：你但凡长得好看一点，再蹬俩梯子，或许就能够着小贝了。

苏杨第一次表示认同我，紧张地问：长是没法长了。你说我怎么才能变得好看一点？

我给苏杨出了很多大招，比如割双眼皮，去医院治青春痘，还有换个不那么老气的发型。

苏杨将信将疑，问我：能行吗？

我说：能行。

苏杨听了我的主意，决定攒钱。苏杨每天的零用钱是五块钱，吃一份盒饭三块，买两份报纸是一块，再吃根冰棍，就没钱了。

如此下来，苏杨攒了一个星期也没攒够换发型的钱，他告诉我：我还是用魅力吧！

在我的印象里，魅力是个跟苏杨毫无关系的一种东西。除了会用一些稀奇古怪的方法来解一道看起来无解的数学题以外，苏杨好像跟一个长着青春痘的冬瓜没什么区别。

即便如此，苏杨还是不知道用了什么样的手段，跟小贝的关系越走越近。

苏杨追女孩子的方式很特别。除了送参考书送零食以外，每次苏杨抱着一堆来自黄冈的数学测试题，都最后一个发给小贝。

他说：小贝，让你全班最后一个感受到痛苦。

小贝也特别温柔，告诉苏杨：嗯，但是真正考试的时候我想第一个痛苦。

自从苏杨和小贝好上以后，垃圾桶旁边就多了一个吃零食的女孩，一边吃一边聊天，一边聊天一边讨论数学题或者语文题或者英语题。从此，再也没有人趁着苏杨吃东西的时候，狠拍一掌他的虎背熊腰。

后来他们成功登上了班级里最被讨厌的同学的排行榜。主要是因为我们在备战高考的痛苦里殊死搏斗的时候，苏杨和小贝两个人，打着情骂着俏就把考试题目背完了。

班主任立在讲台上，威严地训斥我们：你们连这道题都不会背？连这道题都不会背，还谈什么高考，谈什么实现梦想，谈什么实现自我价值！

小贝倚在苏杨旁边：苏杨背不完是不行的哦，是要被小贝打手心的哦！

这区别怎么就这么大呢？

我们很少看见苏杨和小贝做亲密举动，更见不到他们约会。早自习之前，他们已经坐在课桌前互背考题了，晚间休息的空当，他们也在垃圾桶前吃盒饭，偶尔聊几句我听不懂的天文或是地理，或者其他乱七八糟的东西。

后来苏杨告诉我，他和小贝，也是约会的。

在学校的旁边，有一片庄稼地。偶尔，苏杨会带着小贝去那里谈谈未来，谈谈人生。小贝踩在田垄上，苏杨在下面牵着她的手。两个人并着排向前走。

小贝问他：你为什么会喜欢我啊？

苏杨说：因为我喜欢穿白衬衫的女孩子啊。那你呢？喜欢你的人那么多，为什么你单单喜欢我？

小贝回答他：喜欢我的人很多，只有你一个人敢向我表白啊。

苏杨因为这句话，质疑人生质疑了很久。他问我：你说小贝这句话是什么意思？她是不是不喜欢我，只是欣赏我的勇敢。

我点点头，说：嗯，应该是。

他说：我还是去割双眼皮吧，你能借我点钱吗？

苏杨翻了翻我比脸还干净的钱包，又还给我，说：算了，我还是用魅力吧。

2005 年的夏天，我们在被高考活活扒了几层皮以后，无一例外地选择了向它宣战。这一次考试，有人胜利了，有人失败了，也有人落荒而逃。

苏杨拿着将近七百的分数向我抱怨：妈的，考砸了，只能报人大了。

然后他问了我的分数，然后低头思考：嗯，离你想报的学校……才差一百多分嘛！

我照着他后背狠狠拍上一巴掌，他"嘿嘿"笑起来。

那一年，苏杨去了人大读金融，小贝去了清华读新闻，而我，和他们也差不多嘛，去了长沙理工读英语。

苏杨到大学的第一件事，就是买了一辆二手自行车。苏杨研究路线这件事，已经研究了一个假期了。人大到清华，就一条直线，四公里，骑自行车半小时。

有的时候小贝也去人大找苏杨，坐697路车，听几首音乐就到了。

一年以后，苏杨才感觉到，有的时候千万公里也不是距离，而有的时候，四公里也是距离。

后来说到大一的生活，苏杨说，感觉整个一年的时间都在骑自行车，然后自行车被偷，再买一辆自行车。

一年的时间，自行车被偷了三四辆。苏杨买车的花费也逐线上升，从二手的到新车，从一百二到一千二。

因为丢车这件事，小贝和苏杨吵过很多次。苏杨经常把车扔在路边，就跑到小贝经常在的图书馆找她。

小贝埋怨他：你又把车扔路边，万一丢了怎么办？

苏杨擦着汗，说：不会。

小贝带着苏杨去找车，果然车又丢了。

小贝说：以后你再骑自行车来找我，我就不见你。

苏杨最后一次骑自行车去小贝的学校找她，看见小贝和一个男孩子有说有笑，并肩走在校园的路上。

那天天很好，小贝穿着一件白色衬衫，恰巧，她身边的男孩子也穿了一件。苏杨在后面看他们，真的……很相配。

苏杨停下车，按了车铃。小贝回过头，男孩也回过头。

小贝问他：你怎么来了？

苏杨盯着男孩说：我就是想你了。

男孩一笑，回头跟小贝说：贝，我先去图书馆，帮你占座。

小贝冲着男孩一笑，点燃了苏杨心里的火。

苏杨老早就知道这个男孩的存在。小贝跟他说过，有个男孩子，每天帮她在图书馆占座，每天帮她准备毛巾和矿泉水。她说：如果可以，我真希望这个人是你。

苏杨的回忆回到在高三某一天的晚自习后，他和小贝牵着手走在一条小田垄上，告诉小贝：我喜欢穿白衬衫的女孩。然后小

128

贝告诉他：我也喜欢穿白衬衫的男孩。

那一次苏杨和小贝吵了一个激烈而漫长的架。激烈到苏杨都听不见自己在说些什么，也不知道小贝为什么掩面哭泣。漫长到……他再也没有牵到小贝温暖而纤弱的手。

吵架的第二天，小贝给苏杨发了一条信息：我们和好，好不好？

苏杨回忆起白衬衫男孩，阳光又明朗。于是苏杨倔强地别过头，把手机卡拿出来，掰掉，扔出宿舍。

后来苏杨冷静下来，坐着公交车去清华找小贝。

苏杨说：小贝，你看今儿我没骑车来。我以后再也不骑车了。我们和好吧？

小贝有些冷漠，哭了很久，眼睛还没消肿，她说：我要去图书馆了。

小贝转身离开，向着苏杨相反的方向走去。帆布鞋踩在青石板上，发出哒哒哒好听的声音，像是一双手拍在苏杨宽厚的背上。

那一刻，他回到一年前的高三时代，苏杨和小贝立在垃圾桶旁边吃盒饭，一边吃一边背题，偶尔抽出一分钟来谈谈恋爱。经过的同学不再有人狠狠地拍他，不再有人。

之后的一年，我们看到小贝在网上晒出了和新任男朋友的合影，我眼珠子都快掉下来了。我问苏杨：你被前任了？

苏杨"嘿嘿"跟我傻笑。

苏杨说，他最后一次去清华园，是和小贝分开后的第一年。小贝生日那天，苏杨带了蛋糕和鲜花去小贝宿舍楼下。

我问苏杨：见到小贝了吗？

苏杨说：见到了，还有那个男生。他同样捧着一束鲜花，又小又丑，跟在小贝身后。

我问：然后呢？

苏杨说：小贝的生日是三月，那个男生只穿了白衬衫。我忽然觉得我好失败，不管这是讨好还是爱，我都做不到。

苏杨告诉我，他头一回像个逃兵，把自己藏起来。看着小贝进了宿舍，他才出来把花和蛋糕放在了垃圾桶上面。

在小贝的宿舍楼下，苏杨给小贝发了一条短信：生日快乐。

小贝回复他：谢谢你的鲜花和蛋糕。虽然以后不能给你爱情了，可我曾经给了你青春啊，那么美那么美的青春。

接下来的几年，小贝生日那一天，苏杨都会给小贝发一条信息：生日快乐。

小贝每次都回复：谢谢。

2009 年毕业以后，苏杨选择了去杭州。他也会从周围的同学中得到一些关于小贝的消息，比如，她毕了业以后成功保研，比如她过得还不错，比如……她要来南京工作了。

一座离苏杨很近的城市。

有那么一瞬间，苏杨恍惚觉得好像回到了大学时候，那么近的距离，他蹬着自行车，沿着中关村大街蹬半个小时就到了。

他蹬得满头大汗，她递过来一瓶水。他喝水喝得"咕咚、咕咚"，她的笑声"咯咯、咯咯"。

2014 年，苏杨出差由青岛转机，在机场里碰到一个人。

苏杨走过去，轻轻拍了一下她的肩膀，说：嗨，小贝！

小贝回过头，小小惊了一下：嗨！

苏杨指指手机：今天……生日快乐。终于有机会当面跟你说了。

小贝涨红了脸，微笑着，说：谢谢。我要结婚了。

苏杨一愣，说：是吗……

然后苏杨张开双臂，问小贝：可以吗？

小贝笑笑，张开双臂迎过来。

两个曾经的……拥抱在一起。

苏杨说：要幸福啊，我的青春。

我们不相爱

在我走过的每一座城市都有这样一群人，我们在归家的末班车里听他们的声音，感受他们的故事，然后猜测这应该是一个什么样的人。

嗯，夜班DJ应该是怎样的一个人呢？

嗯，只是一个比我们下班晚一些的人。他用自己的情感讲着别人的故事，他最亲密的工作伙伴应该是耳麦和话筒。他为我们精心编辑每一档节目，当我们还在评判他的语调是否得当的时候，他已经被自己的认真感动得泪流满面了。

收起他的背包离开高耸的电台，街上偶尔会有行色匆匆、急迫回家的路人。他有时会抬头望一眼夜空，拖着孤独而悠长的背影一步一步朝黑夜里走去。

或许，夜班DJ就是这样的一个人。

我的朋友M号阿拉蕾有半年的时间都在做夜班DJ，替其他部门一个回家生孩子的同事代班。

不单是代夜班，她还有自己的午班新闻、下午班新闻。

我认识她的时候，M蕾是个只会吃饭、睡觉和工作的机器人，从睁开眼睛就来单位工作，从准备素材到上节目，从白天到深夜。那时候我不常听电台广播，听朋友说，M蕾是一个蛮拼的女孩子，声音很好听，最大的特点就是从来都是像牲口一样在干活儿。

在一次朋友聚会的时候，我终于见到了M蕾，是一个长头发、齐刘海，有点肉，漂亮又可爱的女孩。

和牲口的形象实在相差甚远。

我说：久仰久仰。

她说：客气客气。

我以为M蕾应该是一副疲惫、永远睡不醒的形象。结果她的样子一点都不像受工作所累，阳光朝气，气质极像刚毕业、对一切都充满热情的小姑娘。

吃饭吃到一半的时候，M蕾看了一眼表，迅速往嘴里扒了几口饭就走了。

朋友也看了一眼表，说：嗯，到点卖药了。

当时我以为朋友"卖药"只是随口一说，过了一段时间，我才知道朋友的话其实是非常、特别以及很负责任的。

在M蕾工作的电台里有一档十分受老年人欢迎的节目，叫孟老师拔罐。节目开始由主持DJ做一个热情洋溢的铺垫，然后把孟老师给请出来，由孟老师给听众们讲解腰肩盘突出是怎么一回事，讲骨质增生该如何缓解痛苦，讲脖子酸痛该吃些什么药……

据说这座城市很多人都知道这个孟老师，每十户就有一户人家买过他的罐，或者他的药。M蕾很幸运，她代的晚班，就是主持这么一个著名的节目。M蕾站在这么大的一个平台上，她的声音和名字，应该是最会被一群大爷大妈所记住的DJ之一。

认识久了，我和M蕾慢慢熟络了起来。她给我讲她工作的见闻和糗事，开心的不开心的，都会向我倾诉。我慢慢习惯了一个人开车的时候打开广播，有的时候听听音乐，更多的时候喜欢听电台DJ透过生硬的播放器把声音传过来，温柔的、铿锵的，或者倔强的。

我想，他们一定和M蕾一样，渴望在城市的某一个角落里，有人认真听他们讲话，听他们谈心，感受他们情感，体会他们走过的路。

M蕾问我：你听过我卖药吗？

我坦白地摇头：我从来没有那么晚下班。

M蕾装出一副有些难过的表情：对呀，没有几个人那么晚回家。即使有，匆匆赶路的人也不会认真听我的节目。

后来有几次我专门守在电台前去听她的节目，可因为她的声音持续的时间实在太短，稍微溜个神或者上个厕所就错过了。

朋友们拿她开玩笑说：今天没听到M蕾的声音，这是为什么呢？因为我打了个喷嚏。

在M蕾的节目里，她好像不是主人，而是一个渺小且容易被忽略的路人。

即便如此，M蕾每天仍很卖力地做她的卖药节目。每一天，在我们的思绪已经变得浑浑噩噩的时刻，M蕾正在拍着自己的脸蛋，让肌肉放松一些，这样说出来的话轻盈且有穿透力，她小心翼翼地戴上耳麦，微笑着对即将熟睡的城市说：大家好，我是代班DJ，M号阿拉蕾……

M蕾也有她的理想，或许谈不上是理想，是一个小小的愿望。她希望能够早一点找到一个像从书里面走出来的男孩，温文尔雅，书香味扑鼻。

我告诉M蕾：书香味扑鼻的话……出门左拐，学校图书馆里的那个大爷。

M蕾撇撇嘴：走着瞧，我一定可以找到。

在数不清的日与夜里，坚持理想的M蕾每天重复着同样的几件事——吃饭、工作、睡觉和想男人。

一个书香味扑鼻的男人。

我们一致认为，像M蕾这种夜班DJ，下了班就只能接触到干出租车司机的已婚大爷和卖夜宵的已婚大妈。她应该豁出这张老脸去相亲，相各种各样的男人，大海捞针，多捞它几次，总能捞到很符合心意的。

结果M蕾丧心病狂地拒绝了我们的好意，依旧闷着头卖药，卖完药抬起头欣赏城市月光，像每一个恨嫁女青年一样，享受着迷人而寂寞的孤单。

后来在一次朋友聚会中，有人有意无意间给M蕾介绍了一个男孩认识，叫谭前。男孩长得好看，但身上没有书香味道。因为……他是混金融圈的。

我对M蕾说：混金融的也没啥不好吧？

M蕾装出一副经验丰富的模样：常在河边走，难保不湿鞋。万一他以后身上满是铜臭味怎么办呢？你看，还叫什么钱……俗。

我反驳他：那你怎么保证你的理想男孩一直保持着书香味呢？要不你发明那种味道的香水，随便往什么男人身上喷喷得了。

M蕾无言以对，陷入沉思。

那一次聚会，M蕾因为要回电台卖药，早早撤退了。和M蕾一起提前离开的还有一个人，做金融的男孩谭前。

谭前问M蕾：姑娘你去哪儿？我送你。

M蕾马上戒备起来：省台。不同路。

谭前一拍脑门儿：真巧，顺路得很！

M蕾被拉着和朋友又聚了几次会，每次谭前都在场，每次M蕾提前离开的时候谭前都恰巧回单位，并且顺路送她。

一次M蕾到电台门口的时候，弯下腰认真地告诉谭前：我爱的是那种书生气质的男生，你有认识的请介绍给我认识哦。

谭前握着方向盘，愣了一下，说：我爱的是那种身材火辣的妞儿，你有认识的，也请介绍给我哦。

M蕾微笑着：好走，不送。

在漫长的夜班节目中，M蕾最主要的工作就是等。等孟老师介绍完他的养生心得，并和他的观众互动结束后，M蕾再闪亮登场一分钟，华丽地来个结束语。

嘴，一张一闭，药卖完了，节目也结束了。

那天M蕾走出电台的时候，谭前的车已经停在大厦楼下了。M蕾有些惊讶。

谭前摇下车窗，问她：嗨，身材火辣的……妞儿。

M蕾低头看了看自己。

谭前接着说：什么时候能介绍给我？

M蕾脸一红，回答他：没有、没有这么快啦。

谭前哈哈笑起来：我开玩笑呢。我加班做标书，刚好结束回家的时候听到你的节目也结束了，所以觉得你这个时间应该会在这里。

见到M蕾还有些疑惑，谭前解释道：真的……我的单位离这里真的很近，就在……那儿。

M蕾弯下腰，顺着谭前指的方向望去，有一片大厦林立。

M蕾说：哦。那么，晚安喽。

谭前从车上跑下来，挡住M蕾的去路。

M蕾一愣。

谭前问她：姑娘……你可不可以，帮我买一套拔罐的那东西？

M蕾说：哦……你扛钱扛得腰酸背疼腿抽筋？

谭前笑了，说：不是，是家里的老人腰酸背疼腿抽筋。

有一段时间，M蕾经常可以见到金融男谭前。因为谭前总是背着一大堆问题来求助于M蕾，比如给家里人买罐买药买礼物。

M蕾告诉谭前：其实买药这种事，其他朋友也可以帮到你。

谭前说：你跟他们不一样，你是……专业卖药的嘛。

更多的时间里，M蕾是在网络上和谭前打交道。

当M蕾坐在空荡荡的大厦里上节目时，她能感觉到，在隔壁的大厦里，有一个和她同样认真工作的人。或许在工作的间隙里，谭前会停下来，打开电台，调到她的频率，听听她的声音。

朋友们慢慢发觉了M蕾和谭前之间关系的微妙变化，于是质问她：你们……是不是相爱了？

M蕾边翻白眼边摇头：不会，我们是永远都不会相爱的两个人。我喜欢那样儿的，他喜欢那样儿的。

我问她：哪样儿？

M蕾说：反正就是那样儿！

在M蕾和谭前不相爱的时间里，或许我们每一个人都很忙碌，

忙到在各自的人生轨道里努力前行，忙到他没有时间给她介绍身
上有书香味的男孩，她也没有机会给他介绍身材火辣的妞儿。

2013 年的冬天，M 蕾破天荒地没从我们的聚会上提前离席。

朋友们问她：蕾，你不会被开除了吧？

M 蕾故作一副悲伤的模样，说：是，该怎么办呢？

朋友们相互一视，我立马心领神会，说：能怎么办呢？这顿
你请呗，趁着还有工资。

M 蕾一撇嘴：看你们这群人，是有多渣！

M 蕾跟大家宣布，她的同事生完孩子回来上班了。

我们马上起哄着站起身来干了一杯：哇哦！祝贺你同事！

M 蕾说：我见了她的宝宝，特别可爱。

我们又闹着站起来，干了一杯：哇哦！祝贺宝宝……不是，
祝福可爱的宝宝！

M 蕾又接着说：所以我就不用卖药啦！现在我专心做我的新
闻了。

我们再一次起身干杯的时候，只有谭前坐着不动。

我们问谭前：你怎么不站起来了呢？

谭前说：撑……啤酒撑肚子。

那一次聚会，谭前也没有提前离开。

我们问他：你标书做完了？

谭前点头：做完了。

M 蕾不做夜班 DJ 了以后时间一下子变得充裕起来。朋友们都认为，在这种还算正常的生活与状态下，M 蕾的理想应该很好完成。

一个身上带有书香味的男孩……如果她经常去大学校园里散散步，而某个单身男老师或者图书馆大爷又恰巧经过的话，两个人的荷尔蒙浓度在空气中饱和，渐渐膨胀……

爱情，都是这样开始的。

有一次和朋友闲聊起来，有人问提起谭前，说谭前特别优秀，在这座城市的金融圈里也算是小有名气。

有人说：对，优秀，就是每次聚会都迟到半小时以上。

朋友说：因为他单位在高新区，开车进市区得一个小时啊。

M 蕾惊讶得差点跳起来：什么？他单位在高新区？不在我单位旁边吗？

朋友摇摇头：怎么会呢，他告诉你他单位在你旁边？逗你的。

M 蕾说：那这玩笑开得还真够……久远的。

M 蕾告诉我，她 2013 年的秋天认识了谭前，从秋天到冬天的漫长时期里，谭前每每在她上夜班的时候，都会在她"隔壁"的大厦里加班做标书。然后他做完标书，她卖完药，谭前顺道接她下班。

我感慨：你是猪吗？会有人做个标书从秋天做到冬天？还每天加班做？

M蕾说：所以现在我不上夜班了。

所以谭前也不做标书了。

我问M蕾：那么，谭前是爱上你了？

M蕾还是不相信：不会。我们不会相爱，我爱的是那样儿的男孩，他爱的是那样儿的女孩……

说完这句话，M蕾自己都笑了。

爱情哪有那么多条条框框，当它降临了，我们都会变成看不见也听不到的傻瓜。在傻瓜面前，他的每一个眼神都是温柔的，他的每一种表情都是美好的。

后来M蕾的爱情故事我们都没有参与。据谭前说，他在单身前最后一次见到M蕾，她像一个女战士一样，奋不顾身地扑到他身上。

M蕾反驳他说，其实就是捧着一捧鲜花，矜持地立到了谭前单位楼下而已。

那一天谭前恰好加班。

当夜幕降临，谭前准备和这座城市说晚安的时候，他见到了立在他单位楼下的M蕾。

M蕾走上前去问谭前：给我找到那样儿的男孩了吗？

谭前摇摇头。

M蕾说：正好，我也没给你找到那样儿的妞儿。

M蕾把鲜花塞给他，同时，还有一只冰凉的小手。

再后来，故事陷入了俗套的结局，M蕾和谭前变成了我们朋友中间最能秀恩爱的无耻情侣。

我问M蕾：你们真的相爱了？

M蕾一脸幸福地摇摇头：不，不相爱。他喜欢那样儿的，我喜欢那样儿的。

有人说，爱情是一只鬼

2009 年的冬天，我和小宇成了同事。

那是我来济南的第一份工作，从 10 月到 12 月，整整两个月，有出无进，我的生活十分拮据。连前三个月的房租两千块，还是跟我妈张嘴要的。

所以这个工作对于我来说，有着不一样的意义。

而小宇，就是通知我面试成功的那个人。她在电话里说：我们认为你符合我们公司的用人要求……然后很贴心地给我发了条短信息，告诉我坐几路公交车可以到达公司。最后她告诉我：咱们差不多大，你可以叫我小宇。

那以后的两年里，无论酷暑还是严寒，我都要倒三路公交车，从东八里洼路到北园大街，几乎横穿整座城市去养活自己。每天坐六趟公交车，两年的时间里，我仅仅为了上班和下班，搭乘了 3120 辆公车。

我要努力，要很努力，要非常努力，才让我显得和这座城市不是那么格格不入。

后来我才知道小宇和我的情况差不多，我是从南到北，她是从东到西，我是半斤，她是八两。对于生活，我们都是穿越了千山万水的人。对于这座城市，我们都是他乡之客。

发展办公室友情的第一步永远都是拼午饭。

小宇比我早来公司小半年，所以我以为对于"周围有什么既便宜又好吃的食物"的问题上，我是可以充分相信她的。

小宇不负所托，带我吃了将近两个月的煎饼果子和肉夹馍。

两个月以后，我觉得我这个"新人"有点变旧的时候，我问小宇：咱们除了煎饼果子或者肉夹馍以外，还能不能吃点别的？

小宇问我：为什么你不喜欢吃肉夹馍？你看，两块五毛钱，有肉有菜还有饼，又好吃还能吃饱。

我说：不是不喜欢，是……不能天天吃啊！

小宇深感愧疚，一笑两只眼睛眯成一条缝。

于是她带我用月票卡坐一站公交车，去最近的一个"繁华"的小市场，那里果然应有尽有，冷热酸甜，想吃就吃。

发现了这个地方以后，天气冷的时候我们吃盖浇饭或者拉面，等天暖了，我们改吃凉面。

十块钱以内，准饱。

后来工作慢慢稳定下来，一顿午饭是十块钱还是二十块钱已经不是我们需要考虑的问题的时候，我们还是要在盖浇饭和煎饼果子之间抉择，因为附近啥也没有，不吃这个，那你就饿着。

在一起拼饭的岁月里，我和小宇培养出了坚固的革命友谊——无论什么，只要不是屎，都要一起吃。

小宇身上可讲的桥段不多，因为小宇不是一个有趣的女孩子。用一个不恰当的比喻，如果我们都是网络用词的话，小宇就像《新华字典》一样，生活得一丝不苟。

我们懂得"亲爱的"的意思，却更希望用"亲爱滴"来撒娇卖萌打动别人。小宇总问我，为什么用"滴"这个字？大家想表达什么？

我只能无奈地回答她：这个问题比较复杂……

小宇对我说：绒绒，我特别羡慕你，我希望有一天能像你一样会生活，懂得自己想要什么。而我……不懂。

我知道小宇想说什么。她不是不懂得自己想要什么，而是不知道应该如何得到她想要的。

小宇喜欢一个男孩，同行，小宇和他在工作中接触的机会很多。

我问小宇：你为什么喜欢他？

小宇深情款款地给我讲了一个她对那个男孩一见倾心的故事：那是他们第一次接触，小宇要去给男孩送一份文件。因为路上堵车，小宇迟到了半个小时。看到一眼望不到头的拥堵，小宇干脆下车跑，大概跑了三四站的时候，她摔了一跤，然后接着跑。

等小宇到的时候，他正被领导狠批。

小宇把文件交到他手里，说：对不起，我迟到了。

男孩挤挤眼睛：所以你看我领导把我K得多惨。

小宇瞬间愧疚感爆棚：那……

男孩看了一眼表：正好到吃饭点了，请我吃顿午饭当补偿了。

小宇说：行。

走到电梯口的时候，男孩发现小宇的膝盖是破的，便转身回到办公室拿了一个创可贴，并且嘱咐她：下次可以再晚一点，不过别再跑了。

小宇问他：那领导不是更要批评你了？

男孩装作一副无所谓的模样：那就批评呗，又不会流血。

那顿饭是男孩请客，他说：怎么可以让一个为我流血的女孩请客吃饭呢？

我问小宇：后来呢？

小宇说：如果有后来的话……他向我迈出一步，我就会向他迈出九十九步。

我感慨道：小宇……两年了，你就为了这么一件小事喜欢了他整整两年？

小宇反问我：这是小事吗？这不就是爱情吗……

有人说爱情是一只鬼，人们都只听说过，谁也没见过。

其实爱情就是一只鬼，需要你把它默默地放在心里。听说，或遇见，都没有心里感受到的真切。

我告诉小宇：如果你以后心里有鬼了，就说明爱情来了。

可是小宇，明明就是一个无比坦荡的女孩。

小宇有一个干净整洁的小房间，连她的父母想进来，都要先敲敲门，经过她的同意才准进去。这也许是小宇唯一一种有标识的性格了。

房间很小，撑死有十平方米。摆着一张不足一米五的小床，床单是明快的向阳花图案。

小宇对我说：我这里足足有几千朵向阳花。

我绝对赞同：嗯，你这被单子是挺大的。

小宇是个爱读书的人，与床相对的，立着一个几乎铺满整张墙的书橱，里面摆满了大概三分之一的书。余下的空间，几乎都是空的，除了几个布艺的小玩偶和一个精致的水晶盒子。

我问：那是……

小宇没来得及阻止我，我已经把盒子拿出来看了。

然后我就后悔了，我差点把眼睛挖出来洗洗。

盒子里面躺着的，竟然是一个用过的创可贴。

我问小宇：你拿它当定情信物吗？

小宇紧张地把盒子夺回去：绒绒，你不懂。

我说：你才不懂。你懂得什么是爱情吗？

小宇回答我：你告诉过我，心里有鬼了，就有爱情了。它就是我心里的鬼。

我认真地告诉她：这不是。这就是个创可贴，还是用过的。你以为它是爱情，其实就是个玩笑。小宇，你不是不懂爱情，你是不懂幽默。

小宇脸上忽然笼罩了一层悲伤。我从来都没见过她那样看一个人，充满愤怒，也满怀绝望。

为了一片脏兮兮的创可贴，我和小宇终于有了两年以来的第一次争执。并且，我被小宇赶出了她的小房间。

我完全没有预料到，从来不发脾气的小宇原来生起气来那么不动声色，令人不寒而栗。而且赶人的招数很绝：绒绒，你去客厅看电视吧。我想休息了。

有很长一段时间，我都不知道我做错了什么。我不知道是我质疑了那个男孩对她的感情，还是质疑了她的幽默感。

从那以后，小宇带了一个月的午饭。

那段时间里，我有的时候一个人去吃兰州拉面，有的时候和同事们一起开十分钟的车，到几公里以外的小饭馆，点上几道小菜。

同事们问我：为什么小宇最近不和咱们一起吃饭了？

我说：被鬼蒙了眼了。

某个夏天的晚上，我接到小宇的电话。电话那一头的小宇已经泣不成声：绒绒，你说得对，我不懂，我真的什么都不懂。

我问她：你在哪儿？

小宇不回答我，一个劲儿哭：绒绒，是玩笑，不是鬼。

那个晚上我安静地听着小宇说了一堆语无伦次的话，一会儿是鬼，一会儿是创可贴，一会儿是爱情。可是她说的那些，我都懂。

两个小时以后，歇斯底里变成了啜泣，我问她：现在能告诉我你在哪儿了吗?

　她说:不能。

　我问:为什么?

　小宇说:因为太丢人了。

　我说:不丢人,丢鬼。

　小宇笑了,笑着笑着,又哭了。

　小宇请了两天的假。再次上班的时候,眼睛还是有点红肿。

　在小宇的办公桌上,摆着两张纸,一张是男孩的结婚请柬,另一张,是小宇的调职通知信。

　小宇毫不犹豫地选择了离开。

　从济南到北京,从一座城市到另一座城市,从一个他乡之人变成了另一个他乡之人。而从那以后,我再也没和小宇一起拼过饭。

　不知道为什么,煎饼果子肉夹馍,都因为小宇的离开变了味道。好像都没有以前香了,吃半个就可以填饱肚子。

　小宇在北京发展得很好。半年以后跳槽去了另外一个外贸公司,再后来,有了去非洲常驻半年的机会,小宇又毫不犹豫地去了那里。

　小宇给我发来很多照片,她剪了头发,晒黑了皮肤,穿上破牛仔裤和帆布鞋,裹一件麻布外套。小宇说没办法,非洲的环境比较恶劣，装成男孩子会安全一点。

小宇常常跟我抱怨，说非洲的大米煮出来像被汽油浸过一样难吃，说那里的黄瓜要五十块钱一斤。

她说：亲爱滴，真的好想你。想吃我们大济南的肉夹馍啦！有肉有菜，还有饼，才两块五！

我说：早涨到三块五了！

因为彼此的工作都越来越忙，我和小宇的联系变得少了起来。

2014 年的夏天，小宇告诉我说：绒绒，我辞职了。

小宇辞了优厚薪水的工作，去了一家咖啡馆打工，干得好了，月薪可以拿到三千块。中午起床，一直工作到晚上十二点。

小宇说，多亏了这么多年的奔波，让她懂得了很多事情。比如，想要什么，还有，想要什么就要勇敢地去争取。

我问她：你现在想要什么？

小宇说：回济南啊，开咖啡馆啊，买房啊，结婚啊……

我问她：心里有鬼了？

小宇说：有鬼了。

2014 年的冬天，小宇把她心里的鬼带回济南来给我们看。

那是一只体魄健壮的鬼，来自于内蒙古大草原。

哦，抱歉，我说错了。是内蒙古，但不是大草原。喜欢啃很大的骨头，喝马奶酒，说起话来却很温柔，低沉而有磁性。

鬼是小宇在北京的第二个工作的上司，刚跳槽过去的时候，几乎每天要被这只鬼骂。有一段时间，小宇恨透了这只鬼，听见他的名字，都要打几个寒战。

后来有一个星期的时间，鬼都没来上班。小宇才知道，原来他其实和自己一样，都是漂泊在北京这座城市中的其中一粒尘。

只不过他从北面来，小宇从南面来。

鬼一个人在北京，一个人租房子，一个人洗衣服，一个人料理生活。可是鬼不会做饭，除了午饭以外，早餐和晚餐对他来说几乎不存在。久而久之，落下了胃病。听同事说，要住半个月的医院。

出于同事的关怀，小宇去看过他几次，煲了小米粥，带了鲜花，在充满消毒水的医院里，满眼的白床单白大褂，小宇的浅蓝色衬衫成为唯一能够慰藉鬼的颜色。

出院了以后，鬼对小宇的态度来了个180度大转弯。

小宇坦白说：其实开始的时候，他犯了一个和我之前犯过的同样错误。他把普通的关心当成了爱情。

所以小宇没有放弃那次去非洲的机会，她要到那里去，把脑子里的东西都掏空，让空白的灵魂告诉自己，我要的究竟是什么。

小宇没想到，一个星期以后，鬼也出现在了非洲。

小宇问他：你来做什么？

鬼说：好好照顾你，也成全自己。

2015 年，小宇晒出了他们的结婚证。两个人都穿着洁白的衬衫，依偎在一起。小宇还留着去非洲时的短发，不擦粉的皮肤有些黑。

可是这些都没有关系。

因为依偎在一起的那两个人，心里都有鬼。

我以为离开我，
你可以很好

每个人的生命中,总有一个令人难以忘怀的胖子。我也有一个。我特别不希望他瘦下来,因为他一激动就会有些气喘吁吁,白白净净的脸会泛红,下巴颏堆起一堆肉,捏一把,像棉花糖一样柔软。

胖子笑呵呵地跟我说他生活中遇到的一些有趣或者烦心的事情,我问他为什么所有难过的事情能笑着说出来。

胖子仰天长笑:哈哈哈,你没听过有一个成语叫心宽体胖吗?

我在他微博里看见他的照片的时候,应该是两三年以后的事情了。胖子变得精瘦,还有些黑,我看着他的字里行间,看着他朋友的留言,"胖子"这两个字已经从他的字典里被删除了。

胖子的肥肉,和他爱笑爱闹的青葱时光,都落拓成一张张留存的旧照片——只有它们,知道胖子存在过。

2012 年的时候,我还在媒体圈子里瞎混。认识胖子实在机缘巧合,原因就是当时还在读大学的胖子是个铁杆球迷。

胖子对我说,你猜迷到什么程度呢?

有一次,他带着女朋友去看鲁能主场的比赛。鲁能那一场球踢得十分漂亮,哐哐就是进球,零负担赢了比赛。

胖子"呼啦"一声,率领他浑身上下的全体肥肉从座位上跳起来,全场都要被球迷的热情点燃了。

他旁边的一个大叔凝神静气,摇着一把蒲扇告诉他说:我知道鲁能他们去哪儿庆祝,可以带你去。

大叔骑着电动小摩托穿梭了几条街头小巷。大夏天的,胖子坐在车后面,龇牙咧嘴地笑。一股股热风迎面扑来,胖子浑身燥热,一身肥肉迎风飘展。

　　摩托车后面,还尾随着十几辆摩托——都是去追星的。在城市的寂静夜晚,也算是浩浩荡荡。

　　由于大叔的消息不准,球星没追着,胖子把女朋友丢了。

　　等想起来身边好像少了个人的时候,胖子一拍大腿,赶紧掏出手机。满屏的未接来电,总共有十几条,还有一条短信:分手吧。

　　我认识胖子的时候他已经单身了小一年了。胖子因为这件事被冠上了"宁要臭脚也不要酥胸"的美誉。胖子心宽体胖,从来不计较这些。

　　我的单位那一年与中超合作,每场鲁能的主场球赛,都给我们几十张票。我们拿这些票来做活动,形式简单,投入微薄,但非常受用。

　　胖子是抢票最积极的,而且配合度非常高。让他举旗子就举旗子,让他合影就合影,让他喊口号就喊口号,让他笑他就笑。他的要求不多,只有一个:你给我票。

　　在某些程度上,我特别希望胖子每次都可以成功抢到票,不过那是不可能的。胖子抢不到票的时候就在场外转悠。贩票的黄牛盯着场外的每一个人,他觉得你又想看球,又没有票,就凑过来小声问你：要不要票？

胖子也盯着每一个黄牛，眼神明快犀利，剑走偏锋：票卖不出去的话，可不可以给我一张？

后来我和胖子在反复试验与求真中找到了解决问题的办法。那就是——每场球赛，我都给他留一张票。

因为票发到最后，总有三两个人不来领票，理由各种各样，比如朋友失恋了，比如女朋友生病了，再比如，他家的狗拉稀了。从来没有人告诉说：我就是不想去了。

不过这倒成全了胖子，他每次都能沿着广场寻觅一圈后再回到我这里，拿着多出来的票钻进去醋畅淋漓地看上一场球赛。

时间久了，我和胖子形成了默契，只要有球赛，无须我多说，胖子准在固定的时间固定的地点在我旁边转悠。

他不直接说"我要票"，就是转悠。胖子庞大的体形在庞大的人群里，转转悠悠就消失不见了。

等球赛快开始了，胖子也转悠回来了。他的胖胖的脸变得通红，满脑门儿汗珠往下滚。从我这拿票，想说又不好意思多说，然后走人。

等到胖子和我慢慢熟络起来，我才发现他其实是一个健谈的大男孩。他给我讲上场球赛谁谁没踢到位，防守的力量薄弱，配合得不够默契，讲得吐沫横飞，宛若如果他上场踢了，结果会好很多。

归根结底就是：这一场比赛踢得真臭。

我问他：臭你还看？

胖子马上认真起来：臭归臭，看归看。踢球赢了输了不是成王败寇，只要使劲往前冲，就是英雄。

胖子在失恋的一年里和把他坑苦了的大叔成了朋友。大叔黑瘦，留络腮胡，江湖人称蚁叔。

蚁叔自己开小买卖，略有财力。他最喜欢说的一句话就是：看见没，球迷们穿的衣服，叔赞助的！

认识胖子以后，蚁叔赞助了他一件超大号的球迷队衣。有了这件显眼的橙色队衣，胖子再次在人群里转悠的时候，我就能看见他了。

胖子愿意同蚁叔为伍。蚁叔经常不知道从哪儿听来一些小道消失，说球队会在哪儿哪儿哪儿庆祝，大多去了以后扑个空。但是胖子不介意，因为略有财力的蚁叔每次愧疚难当的时候，都会请大家撮一顿。

所以每次看到胖子脸又肥一圈，我都问他：上次蚁叔又带你去追星去了？

胖子爱笑爱闹爱说八卦，尤其是蚁叔的八卦。比如他跟我说，有一次看完球赛，蚁叔带他手底下的球迷开会去了。

我眼一瞪：开会？

胖子笑得咯咯的，说：招笑吧？上次比赛结束后，有人烧对方球队的队衣，蚁叔查查是不是自己手底下的球迷干的。如果是，那不得了了，马上开出去。蚁叔底下的人，是要有素质的。

有一次胖子跟我说：以前都是八卦蚁叔，这回八卦一下自己吧。

我掐指一算，就能猜出来胖子要说什么。

胖子依旧笑呵呵，下巴颏的肉堆在一起：要不是千刀万剐的蚁叔，我可能现在就不是单身了。

在胖子上一份难能可贵的感情里，有一个十分酥软的妹子，叫寇丹。

用"难能可贵"来形容胖子的感情，我认为是非常精准的。因为有哪一个思维正常的女孩子，能倒过来追一个将近两百斤的胖子？

但是丹丹说，就喜欢胖子一笑满脸都是肉，捏起来软绵绵的，很有安全感。胖子也喜欢丹丹……因为丹丹是头一个，也是唯一喜欢自己的女孩啊。

简称，初恋。

胖子坐着蚁叔的摩托车去找球星那一次，丹丹打了十几通电话，胖子都没接。于是丹丹一个人在球场外面蹲到凌晨三点。

只是蹲着，坐不下去。因为石头做的台阶烫屁股。

七八月份的济南，热得像个蒸笼。最让人难过的时候汗流在脸上，咸咸的盐分打在眼睛里，辣得直流眼泪。于是乎汗水眼泪鼻涕，谁也分不清你我还是他。

只能仰头对着老天骂一句：真他妈热啊！

胖子给丹丹回过电话，丹丹接听后，随即大叫一声，断了线。

胖子吓得屁滚尿流，一路跑回球场。我问胖子当时在怕什么。胖子回答说，怕丹丹出事，那样他要一辈子都活在内疚里。

内疚，多可怕。不论今后爱，还是不爱，都像在胸口撕裂开一道疤。一低头就隐隐可以看到它。疼？它不疼。就光痒，痒得你百爪挠心，挠得你千疮百孔。

到了球场见到丹丹，胖子都快哭了。他跑得心脏马上就跳出来了，脸上的一团肉挤到一起，好生难过。丹丹没事人儿似的，站起来捶捶大腿。

胖子问她：为什么大叫一声就断了线？

丹丹忽闪着大眼睛，一副无辜模样：手一滑，手机就掉地上了。再捡起来，刚好没电了。

胖子把丹丹的手机夺过来，狠狠摔到地上：什么破手机！

所以说，酥胸应该是被胖子狠狠一摔给摔没的。

但胖子不承认。他一直认为，他之所以和丹丹分手，是因为觉得自己不够好。

丹丹是济南土著，家里有房有车不用她去打拼，虽算不上是含金钥匙出生的，但也算是银钥匙吧。

可是胖子呢，家穷，死胖，农村户口，含着一片破树叶子就出生了。

胖子说：原来我以为，别的男孩子给女朋友买衣服买包买手机，我没钱，我给不了丹丹物质上的东西，我可以给她爱。可是那天晚上我忽然发现，我好像也没那么爱她。我原来认为的那种浪漫情怀，那种纯真美好的爱，在那一瞬间都被我揉得稀巴烂。我觉得我这个人吧，真挺差劲……

2012 年的整个秋天，我都没见到胖子。这个季节，胖子应该是刚升大学四年级。胖子是突然消失的，没跟我打招呼。我忽然有些被胖子杀了个措手不及的感觉，每次都剩的那一两张票，我不知道该送给谁。

后来蚁叔告诉我，胖子去南方的一个单位实习了。干得好了，等毕业了以后就能调回山东来。毕竟是山东大汉，去南方吃不着把子肉，不习惯。

蚁叔说完以后，我忽然想起来，胖子上一次找我要票的时候，神情有些异样，他跟我说社会就是一大江湖，他老早就想进江湖走他一遭。不为别的，因为江湖里不看你是不是胖，不看你家里是不是达官或贵人，不看你是北大清华还是蓝翔技校，混出名堂来，就是好汉一个。

他应该，是跟我告别呢。

但胖子的学校不是清华，也不是北大，更不是蓝翔。我担心一根筋的胖子，迟早是要吃亏的。

冬天的时候，胖子从南方回来。

蚁叔得知胖子回来的消息，马上约了我和胖子吃饭。工作了几个月的胖子已经有瘦的苗头了，他脸上的每一寸肥肉都在担心自己将要被干掉的恶劣处境，让胖子的面部表情看起来有些痛苦。

所谓相由心生。胖子的确被一些事情所困扰着。

首先是他的工作。胖子知道自身条件不好，所以工作起来特别卖力。难做的工作都是抢着去干，但是成绩永远是领导的，错误永远是胖子的。

比如有一次他做了一份不错的整改方案，领导给他打回了三次，让他重新做。胖子改了一遍又一遍，查了无数的资料与案例，没白没黑地写了一个星期。

胖子把方案再次交上去的时候，直接被领导退到了一个资历比较老的同事手里，让他去修改。被老同事改过，方案算是通过了。胖子拿到通过的方案，内容一字不改，只是在胖子名字的前面，加上了领导和老同事的名字。

后来总公司发表彰通知，大篇幅表扬胖子领导的功绩与才华。通知里说，某某和某某等人表现优异……胖子的名字被一个"等"字一笔带过。

胖子说：我这么一个大块头，一个"等"字就能把我代表了？

胖子还说，自己好像被困在一个黑暗又潮湿的山洞里，连滚带爬地往前赶路，但是一点也看不到希望。

我和蚁叔都劝慰他：这就是现实，就是社会，就是你所谓的江湖。

人在江湖飘，哪能不挨刀？对吧。

有哪一个人不是一刀一刀挨过来的，谁又能说胖了的领导不是挨刀挨得血肉模糊，体无完肤，然后才可以眼睛也不眨一下地，去一刀一刀地割胖子身上的肉。

还有另外一件事，几个月来一直让胖子的心隐隐作痛。

在他离开济南以前，丹丹袒胸露背……哦，不是，敞开胸怀跟胖子谈了一次。胖子对伤害丹丹这件事耿耿于怀，但他一直认为，给不了她最好的，就放开手，给她机会让她去拥有最好的。

但是见了丹丹以后，胖子发现他彻底错了。

在跟胖子分手一年多的时间里，丹丹又谈了两个男朋友，结

果都是无疾而终。因为丹丹每开始一段新的感情，都会拷问自己
几个问题：他有没有两百斤那么胖？他是不是疯狂地爱着足球？

答案是：不是。

跟胖子分手以后，丹丹学会了抽烟。在课堂上抽，被老师赶
出去，就到走廊里抽，在宿舍里抽，被人阻止了以后就躲到厕所
里抽，一根接一根。胖子见到丹丹的时候，她的烟瘾已经很大了，
一天能抽半包，宿舍里的人都叫她大烟鬼。

胖子听得直想哭。他说：我以为离开我，你可以很好⋯⋯

丹丹吞云吐雾好一会儿，才回答他：我现在也没什么不好。

胖子到了南方以后，正儿八经变成了一个郁郁寡欢的胖子。
陌生的环境，陌生的人，胖子也尝试着抽烟。

抽了两口，呛得胖子直流眼泪。他把烟扔在地上，狠狠踩两脚，
再用脚尖转圈一碾：这破玩意儿，有什么好抽的？

胖子说他到南方以后的每一天都会想起丹丹。变成了另外一
个人的丹丹，可以十分冷漠地说出来"我现在也没什么不好"；也
可以非常不屑地说出来"他们每一个人都喊我大烟鬼"。

我和蚁叔听完胖子的自白，都像是吃了一记闷棍，脑袋里空
空如也，什么也说不出来。

过了很久，蚁叔问胖子：你说你何德何能，让一个姑娘掏心
掏肺地喜欢你这么长时间？

胖子把胳臂杵在桌子上，半边的桌子都被他压下去：因为丹丹也是球迷……我踢球踢得特别好。

我和蚁叔都没见过胖子踢球，无法辨别胖子说话的真伪。不过真也好，假也罢，胖子连足球都不愿意提起的时候，一切和旧时光有关的事情都变得不那么重要了。

胖子在学校停留短暂的一个星期，东拼西凑交了一篇毕业论文，随后就奋不顾身地奔赴回他曾经向往的江湖。从那以后，我就再也没有见过胖子。

有的时候我会通过神奇的无线电波得知，胖子过得是不是如意，有没有在江湖里混成一个四两拨千斤的英雄好汉。

我眼见着胖子用他的纯真和隐忍换回了一个千锤百炼的业内精英。曾经胖子脸上的那一堆肥肉所担心的事情终于发生了，胖子不仅变成了精英，还变得精瘦。

胖子的领导升职了以后，他推荐胖子坐他的位子。这件事情把胖子搞得很疑惑，他问领导为什么要这样做。因为胖子是精英，但不是心腹。

领导这样回答胖子：我需要一个能为我做出业绩的人。

你看，江湖，还是相对公平的。胖子的每一寸肥肉的牺牲都是有价值的。

　　胖子不再是胖子，真是一个令人难过到窒息的故事。他不再一笑起来脸上堆满肥肉，不再跑起步来浑身颤颤悠悠。他穿橘黄色的衣服穿梭在人群里，立刻消失不见，和体态匀称的正常人再无半点分别。

　　而且胖子在做了领导以后，整个人都变得沉稳睿智得不得了。每天像打了鸡血一样分享一些励志的、创业的、营销的……以及各种各样让自己看起来像个成功人士的东西。也不知道他是真看了，还是像大多人一样为了臭显摆随手一转。

　　2014 年的冬天，和胖子阔别两年以后，他终于告诉我一个重大决定：他要杀回济南了。我有些惊诧，南方那边的工作，是胖子好不容易闯荡出来的一个江湖，此番再回济南，不是戎马而归，就是战死沙场，风险有些大。

　　胖子告诉我：我再也不能等了。错过了一次，再错过第二次，那不就傻×了吗？

　　这一年，丹丹大学毕业，接受了家里的安排，在济南找了份安安稳稳的工作。胖子辗转得知，丹丹又变成了单身，就赶快风风火火地返回了济南。

　　我问胖子：你都这么瘦了，也不迷足球了，你那张旧船票，还能登上人家姑娘的旧船吗？

　　胖子嗤之以鼻，告诉我：我的魅力，不在于我胖或瘦，不在于我迷足球篮球还是乒乓球……就在于，我就是我。

胖子突然变得很认真：在于……我真的想给她一个好的生活。

胖子回来不久，我就看见他在微博上晒出来一张照片，胖子还是又瘦又黑，旁边的丹丹姑娘眉开眼笑。

不知道胖子用了什么恶劣手段就涛声依旧了。看来胖子说的对，丹丹的标准不是两百斤，也不是非要他爱足球爱得死去活来，只要是在她心里面住着的那个人。

只要是对的那个人。

原谅我们

曾经不懂爱

那一年，香格里拉还没有失火。

一个骑行游侠骑着他的自行车从重庆一路向西狂飙，要去香格里拉一个叫纳帕海的地方。狂飙是他的美好愿望，三百公里以后，他做了一个龟行者。

龟行者叫李愿，大四毕业那一年，他没有找工作，买了自行车之后，除了一包破旧的行李，穷得只剩下时间。

李愿不知道那帕海在哪里，也不知道和它的距离究竟有多远。GPS 告诉他：很远很远，一路往西。

在遇见那娜之前，李愿以龟行的速度一路向西，住最便宜的旅馆，吃最便宜的盒饭，但从来都不知道乞讨是一种怎样的体验。

那一天，风和日丽，蓝天底下挂着一大片一大片的白云。用最破的相机随手一拍就是一张明信片。有人告诉他，越往西天空越好看，但空气少，你要不背个氧气包？

那一天，李愿兜里还剩下十八块钱。他的选择性困难症在这一天失效了。手机欠费一百多，住个小旅馆五十多，连洗个澡还要二十块，吃个拉面十块钱。氧气包，是奢侈品。

他只能吃个拉面。

拉面馆挤满了人，高的矮的、胖的瘦的。在面馆的角落里，有一个和他穿着一样的骑行者，大口大口地吸着面条，是一个眉

172

目清秀的姑娘。李愿坐到姑娘对面唯一的空座上。

姑娘抬起头，说：你终于来了。

李愿被问一愣：和我说话呐？

姑娘说：你先坐着，我出去一趟。

李愿觉得姑娘真奇怪，但顾着吃面没理会。

据说，如果你遇到奇怪的人做出奇怪的事，那么他一定有奇怪的理由。不出十分钟，李愿终于明白了这个理由。

拉面馆的伙计跟李愿说：两碗面，二十块钱。

李愿说：你搞错了，我只吃一碗，十块。

伙计说：我没搞错，你和姑娘，一人一碗，一共二十块。

李愿说：我不认识那姑娘。

伙计把碗一摔：你当我傻呢？不认识还坐一桌聊天？

李愿最后还是带着他的十八块钱全身而退。后来他回忆起来那段经历的时候，说面馆的老板是半个好人，完全是个好人还算不上。

因为李愿跟他解释说：我和那个姑娘真不认识。

老板豪爽得很，分文不取，放他走。

李愿刚蹬上自行车，听到老板跟伙计说：以后这种人不要拆穿他，为了二十块钱就要说谎的人，活得有多艰难。

李愿头一次从别人嘴里听到对自己的公正且客观的评价：艰难，得有多艰难。他用力一蹬，自行车"嗖"的一声扬尘而去，他再也听不到那半个好人的声音。

接下来的半天，李愿逢旅馆必停，且专挑又脏又破的旅馆停。

他把自行车一歪，一脚踏到地上，咧着嗓子喊：十八块钱能住吗？

人家回答他：去去去。

黄昏的时候，李愿的车停在一个小旅馆门口，里面的人正对着一个骑行的姑娘说：去去去。

李愿一眼就认出来那就是在小面馆里与他搭讪的奇怪姑娘。

后来两个人把话说开了，都到纳帕海。李愿决定不计前嫌，带着姑娘，俩人一路结伴着寻找一个可以借宿的地方。李愿跟她说：你知道吗？我差点被面馆的伙计把脑袋敲出一个洞。

姑娘倒吸口凉气：你真的连二十块都没有？

李愿点点头：只有十八块。

姑娘告诉李愿，她叫那娜，从北京一路骑过来。

那娜几乎是一路乞讨着骑进云南的。她每顿饭只能花五块钱，每晚只能花三十块住宿。如果小旅馆的老板不够仁慈把她赶出去，那娜就去敲陌生人的房门，问：能不能给我打个地铺？

进入云南之前，一个被那娜敲开门的骑行者送了她一个帐篷，顺道给她支了一招，就是用在李愿身上那招。

李愿说：以后别用这招了，容易被揍死。

那娜说：反正不是饿死就是被揍死，总得选一种死法。

李愿说：在死之前，真想好好洗个澡，睡个觉。

谈到洗澡和睡觉，那娜终于和李愿有了默契，两个人一路骑，一路问，可是没有一家旅馆愿意十八块钱收留一男一女，还得俩房间。

到了深夜，两个人已经累得疲惫不堪。

那娜问李愿：你愿不愿意跟我一起被揍死。

李愿说：愿意，我愿意。

于是深夜两点，那娜带着李愿敲开了一户农院。农院的主人答应女的可以进屋睡，男的得在院里搭帐篷。

那娜说：晚安。

李愿说：这也是半个好人。

那一晚，李愿终于知道原来还有另外一种死法：冻死在深夜。

云南一年无四季，一天有四季。在只剩下十八块钱的那一天，李愿好像度过了整整一年。

不知道几点的时候，那娜在帐篷外面轻轻唤他的名字：你睡了吗？

李愿爬起来，说：没有。

能起来陪我聊会儿吗？他们家的人放屁咬牙打呼噜，我睡不着，那娜说。

于是两个人裹着人家的被子，借着月光爬到了屋顶上。那还是第一次，李愿跟一个亲密的陌生人借两块砖瓦之地，依靠而坐，不能太近，会尴尬；又不能太远，被子不够用。

两个手指的距离就刚刚好。

那娜是个话多的姑娘，说起自己的故事跟脱口秀似的。

那娜说多了话还有些喘：我还有三个月就结婚了，可我爱上别人了。纳帕海有半年是草原，半年是湖，据说每当夏末秋初的时候，纳帕海都根据它的心情来变幻。心情好的时候就是草原，心情差的时候就是湖。如果是草原，我就不结婚了。说说你吧，为什么来纳帕海？

李愿从被子里钻出去，挪开屁股跳下屋顶，说：谁规定每个来纳帕海的人都有一段故事？

那娜也从被子里钻出来：到香格里拉就告诉我好不好？

李愿说：好。

快接近目的地的时候，李愿和那娜的骑行速度变得越来越慢。除了要消耗大量的体力以外，李愿还要鼓起一百二十分勇气跟着那娜一起"乞讨"。

那娜的"乞讨"跟一般乞讨不一样。比如那娜跑到一个小餐馆直接点菜，菜摆桌子上了才跟老板说没有钱，大部分时间那娜和李愿都能吃上热乎饭菜。偶尔一顿，餐馆的老板会把两个人赶出去，狠狠数落一番。

然后那娜再去另外一个地方低眉顺眼"讨饭"。每讨成功一次，那娜会认真地把店主的名字、电话和饭菜金额记到一个小本子上。那娜管这叫功德录。

李愿说：你那是债务清单。

快到了香格里拉的时候，那娜又多了一项"乞讨"的项目——她抓住一切的机会问每一个看起来像拥有氧气瓶的人：能给我吸一口吗？

多数人投以那娜奇怪的目光，也有少数人慷慨地从口袋里掏出香烟来。

到达香格里拉的前一天晚上，她的功德录已经工工整整地记了厚厚的一本。

李愿问她：你是从北京就乞讨过来的吧？

那娜收起她的小本子，满意地答道：够了，够了。

那娜的那个小本子，是用来拯救爱情的。她和她最终爱上的那个人约定，如果纳帕海是湖水，如果从北京到纳帕海，有那么多的人肯奉献出爱，那么他们的爱情也会变成现实。

那娜捧着她的小本子，笑出了眼泪，说：够了够了。

李愿也跟着她傻笑。

他问：你愿意听我的故事吗？

那娜说：你别说，明天才到香格里拉呢。你让我先哭会儿。

李愿躺在帐篷里，自言自语：你看，今晚星空多好看。

那娜在外面披着被子坐着：你能看见吗？

李愿说：我能。

李愿的爱情故事从一年前开始。

故事里有一个笑容温暖的单眼皮姑娘，笑起来眼睛眯成一条缝，像病毒一样迅速地感染到身边的每一个人。单眼皮姑娘叫小璇，是李愿宿舍楼下打字复印社的打字员，有点口吃，所以从来不讲话。

大三放假前的那一段时间，李愿的宿舍吹牛打诨瞎扯淡。有人说，每一个宿舍都有一个胖子，一个高冷，一个老大。胖子有了，高冷有了，还差一个老大。说老大这个头衔地位崇高，得交给一个牛×的人。

问题是，怎么证明牛×？

有人提议，谁让小璇开口说话，就说明谁牛×。

李愿，从来就不是一个牛×的人。

长相只能说不丑，学习成绩千年老二，不过是倒数；如果倒数第一的学生考试恰巧拉稀没来，他就荣登榜首了；家境平平，做事永远都是半途而废……

所以，李愿在宿舍里的角色可以是盒饭快递员，可以是点名答到机，可以是卫生管理员，但绝对不会是最牛×的那个人。

在接下来的一个暑假里，李愿每天都给小璇发一个笑话。他把让小璇开口说话这件事，当作改变命运的魔法棒。

大四开学的第一天，小璇穿着一条碎花裙子在李愿的楼下等着他。宿舍的人见到小璇都蒙了。

见到李愿，小璇开口说：我……喜欢一个男孩。但是，我不知道他喜欢不喜欢我。

为了表现不那么口吃，小璇把句子拆开来说，慢慢地说，憋得脸通红。

李愿成了宿舍的老大，但是他好像并没有变牛×，因为他同时收获了一个口吃的女朋友。这个口吃的女朋友是个打工妹，高中还没毕业。

李愿和小璇的恋爱谈了一年的时间。在这一年里，小璇的角色是盒饭快递员、卫生管理员、洗衣机……

当然那一年李愿也有付出，他付出的唯一的东西就是一枚心形银戒指。

小璇羞涩地接过去，说：人家……人家求婚才送戒指。

吓得李愿好几天也不敢见小璇。

后来宿舍里的胖子问：我女朋友上次来把戒指落这了，你们谁看见没？

大四快毕业的时候，小璇回家待了半个月。回来的时候，她眼睛肿得跟核桃似的。

小璇的爸爸给她找了个四十多岁的有钱男人，因为他不相信会有一个正常的男孩会娶一个口吃。

小璇求李愿：你去跟我爸说好不好？

李愿低下头，攥紧拳头说：你嫁给他……挺好的。

那天之后，李愿再也没见到小璇。

打字社的老板是小璇的老乡，他说那个四十多的男人酗酒，小璇嫁给他才半个月就被打进医院了。

整个宿舍的人听了之后，全都哭了。胖子说：如果没有李愿，小璇应该可以找到抗争的勇气吧！当初是谁用小璇作赌注来打那该死的赌？爱情能用来打赌吗？

胖子用一年不吃肉来赎罪，高冷说他每走到一个地方，每见到一个人，都会承认自己是傻×。那么，李愿你呢？

大家问他。

那么李愿呢？

那一年毕业季，他辜负了一个姑娘，一个有些口吃的好姑娘。离开学校的时候，李愿没有找工作，他买了火车票去找小璇，他不愿意相信那个四十多的男人酗酒，不愿意相信那个四十多的男人把小璇打到住院。

可是当小璇鼻青脸肿立到李愿面前的时候，李愿傻了。

李愿咬着牙说：离婚吧。

小璇问：然后呢？

李愿鼓足勇气说：和我结婚。

小璇笑了：回不去了，回不去了……

李愿临走的时候，小璇问他：你可不可以……替我去一趟纳帕海？我很小的时候我妈改嫁去那里，听说那里的感情都没有杂质的。你到了那里以后……就原谅自己吧。

当地有人说，从香格里拉到纳帕海要骑行两个小时。李愿和那娜变得又黑又瘦，浑身疲惫，已经记不清有多少天没有洗过澡了。

从早晨讨过早饭，一直骑到中午，中途偶尔歇十分钟，或一刻钟。

那娜埋怨说：什么人骑两个小时就能到啊？超人吧？

李愿说：超人才不骑车呢，超人用飞的。

那娜看见当地的居民，身着色彩缤纷的服装从一旁经过。看起来这些居民是结伴而行，一路欢笑着踏上回家的路。

那娜跑去问路，回来的时候，那娜整个人都不一样了。

李愿问：怎么了？

那娜指指脚下的草原：这里就是纳帕海，它是草原啊。

李愿和那娜像泄了气的气球，瘫到了纳帕海——这片已经变成草原的净土上。

李愿问那娜：你还结婚吗？

那娜问李愿：你原谅自己了吗？

那娜从草原上爬起来，翻出她的小笔记本。那里有满满的爱心与馈赠，是她从北京一路乞讨来的勇气。她要用这些勇气说服自己冒天下之大不韪去做一个落跑新娘。

那娜大口大口地喘着气，在这里，她找不到人去说：能让我吸一口吗？

大片大片的白云美得不真切，两个人一会儿躺，一会儿坐，心里都乱成了麻，怎么理也理不清楚。

那娜收到一条信息，来自她的妈妈：女儿，玩够了就回来，妈妈想你了。

那娜把手机高高举起，很兴奋地喊道：你看，母爱多伟大，海拔这么高都有信号。所以……我决定回去结婚啦！

李愿一轱辘爬起来：你要结婚？

那娜狠狠点点头：我从来都没做过让我妈妈失望的事情，这一次，我也不会。

李愿问她：你想清楚了？

那娜说：应该早就想清楚了，只是不敢承认。这个季节的纳帕海，怎么会有湖水呢。那么你呢？

李愿说：你看，你摆我一道我可以原谅你，我拿不出二十块拉面钱，老板也原谅了我。可能因为计较太多，生活就更艰难了吧。我想，如果小璇都可以原谅我的话，我应该也是可以原谅自己的吧。

那娜喘得厉害，但是李愿不担心。但凡他们两个人之间有一个被高原击垮，那个人一定不会是那娜。

那娜说：李愿，我给你唱一首歌吧。

李愿说：你都快喘不上气了。

晴空万里，舒爽又亲切。忽而毫无征兆地下起了大雨。

那娜唱道：

> 我只想牵着你　走到很远的梦里
> 小木屋红屋顶　地址是一个秘密
> 你抱着小猫咪　蓝眼睛不再忧郁
> 香格里拉在哪里　让我们去找寻……

　　李愿闭上眼睛，雨水打到脸上。那是一首李愿没听过的歌，那娜的声音很好听，悠扬清脆地飘进耳朵里，听着听着，他笑了。

　　在不懂爱的年纪里，我们一遍又一遍唱着关于爱情的歌。唱到嗓子痛，休息一下，再接着唱下一首。

　　然后我们跑到飘满白云的草原上放声唱，音调一次一次变高，歌曲一回一回变样，最后，我们都会成为懂得爱情的人。

　　在那以后，原谅自己。

　　原谅曾经不懂爱的自己。

走丢的土狗

　　土狗说，从监狱里出来的那一天，他没有急着拥抱焦急等待他的亲人。监狱里的同犯们都告诉他，出了门一直往前走，千万不要回头，否则说不准哪天还得进来。

　　土狗咬着牙，坚定地站在大门口。平时都是从里面往外看，抻着脖子踮着脚看，风景真美好啊，虽然眼前是堵四面不透风的高墙。土狗心里想，他一定要在出去的那一天回头看看，从外面往里看，究竟是什么样的风景。

　　于是，土狗慢慢地回过头，高墙、电网、哨岗。

　　原来，他妈的和从里往外看是一样啊！

　　我差点没忍住，一滴叫青春的泪水，从我的眼眶里蹿逃出来。随后，它像洪水席卷而来，回忆一下吞噬了我们疯狂叛逆的那些曾经。

　　2003 年 10 月 10 日，一个很特别的男生走进了我的生命。或者说，走进了一些人的生命。

　　我为什么会这么清楚地记得这一天呢？很简单，土狗自己告诉我的。记性好是土狗不多见的优点之一。

　　在很多很多年以后，我和土狗就快相忘于江湖的时候，他突然像我在年少时丢失的一条土狗一样再次出现了。我们曾经相依如命，我曾视它如瑰宝。

是多久呢？我掐指一算，有十二年了吧。

他于是给了我一串数字：20031010。

2003 年，10 月 10 日。星期五，晴。

那一天土狗从牡丹江转学到宁安，被分到和我一班——高二，十四班。

我们惊呼：哇！又来一个！

那时候从牡丹江转来的学生一大票一大票的，大部分都不能算是好学生，好学生就不来宁安这小地方了。

但是这些不好的学生也良莠不齐。有的因为在牡丹江实在上不了好学校，就退而求其次，上宁安最好的学校。有的是因为在牡丹江的学校实在待不下去了，这待不下去的原因也分好几种，比如被校方开除了，或者被学校的资深打架爱好者——东北俗称"扛霸子"——给盯上了。

被扛霸子盯上的结果只有几个：挨揍、挨揍，以及挨揍。

你可以自己选择正确的处理方式：告家长，再挨揍；告老师，再挨揍；忍着，高低忍着，还是挨揍。

根据土狗转学以后的表现，我们一致猜测他转学校的原因很可能是和最后一个有关。因为土狗好像一直在笑，而且他笑的时候表情的打开方式很特殊，处处惹桃花，面面留恩情。说通俗点，就是有点……犯贱。

在东北这个打架斗殴只是因为"看了你一眼"的神奇国度里，

人家走路都低着头走了，土狗怎么可以笑？而且他十分特别以及非常爱盯着女同学笑。

所以在贴着"大城市来的"标签的转校生当中，土狗是极不受待见的。虽然没有路见不顺眼一声吼的扛霸子出现，但土狗始终也没成功交到一个还算谈得来的男性朋友。

可偏偏，土狗在女生里面人缘极好。

土狗个头不高，身高乐观估计一米七，后来长没长个儿就不知道了。转学来的那个季节已经秋风萧瑟了，可土狗穿了一件黑色的帆布立领薄夹克，样子新潮时尚。

我猜他这么穿的原因一定是以为我们会觉得：哇，好帅！

可其实我们却在背后议论：哇，好傻×！这么冷不知道多穿点吗？

土狗学习成绩不好，但语文好得吓人！

抱歉，是我夸大其词了，是作文好得吓人。土狗不但作文写得好，诗词歌赋，都好。

有很长一段时间，我课余时间的乐子就是读诗写诗，从汪国真到惠特曼，从写现代诗到填词。那个时候不知道还有"伪文艺小青年"这个词，但气质的确是从那个时候就培养起来的。

土狗就坐在我的后面，没有男性朋友的他，俨然把跟我切磋诗词歌赋当成那段时光里一个重要的事来办。他不知道他拿来消遣时光的乐子，是我一直对他耿耿于怀的地方。

土狗写得比我好，而且我写一篇，他就写一篇，声称是我的"姐妹篇"。一些女同学拿去作比较，红扑扑的小脸蛋，轻薄绵软的小嘴唇，一声声发自肺腑的声音：土狗，你写得真好！

我也说：土狗，还是你写得好。

土狗贱笑，不说话。

我心说：你怎么不在牡丹江让人揍死呢！

真正俘虏众多女生的心的，还是因为土狗做了一件非常牛的事。

班级里有一个叫欢欢的女同学，农村来的，住校生。家庭条件不算好，非常勤俭节约。别人一个月生活费是三百，她一个月就一百五，月末还能剩下来五十。

有一天中午，欢欢吃完午饭趴在座位上就哭了。肩膀一耸一耸，谁劝都不好使。后来和她一起吃饭的女同学说，欢欢在学校门口的小饭馆吃午饭，给了五十块还没等找钱就走了。等到欢欢想起来再回去找钱的时候，小饭馆不承认了。

五十块，在现在看来，两杯咖啡都买不了，七匹狼的内裤只能买一条半，自助餐吃到一半就得被人撵出来。可是在那个时候，五十块是欢欢的半个月生活费。

土狗平静地听完了事情的整个过程，说：别哭了，跟我走。

于是，土狗像一个战士，昂首阔步地走在前面，身后尾随着一群气势羸弱的小兵，浩浩荡荡，却小心翼翼。

过了吃饭的时间，饭馆里已经没人了，从玻璃门外清清楚楚地可以看到一个穿白上衣、戴厨师帽的人坐在桌子的一角抽烟。

大汉不知有多高，目测二百斤，快赶上两个土狗了。

还有两个人，一个在数钱，应该是老板；一个在擦桌子，应该是服务员。

我们女生躲在土狗身后，小心议论着：就连那个服务员，咱也打不过呀……

土狗猛吸两口烟，把大半截烟扔在地上，说：你们在外面等我，怕溅你们一身血。

然后，土狗像一只孤独桀骜的狼，去向那个二百斤的大汉宣战。

那是我第一次看见土狗不笑、认真的样子。

我们在外面焦急地等了很久，想象了好几种土狗重新出现在我们面前的方式：被拎着脖颈子扔出来，泪流满面爬出来，或者是一脸谄媚溜出来。

结果我们都猜错了。

土狗端正体面地走出了小饭馆，手里还攥着五十块钱，汗渍渍的五十块钱。

后来我问土狗：你是怎么做到的？

土狗撸起袖子，情景再现了一把：我就跟他们说，你信不信我现在就打电话从牡丹江叫一车兄弟过来。来了什么也不干，一桌叫一碗米饭，从早上坐到晚？

我盯着他问：然后呢？

土狗把袖子撸下来：没然后了。就这一句话，就好使。

我讪讪地说：哦。

我们被挡在玻璃门外，土狗的话最终也得不到官方求证。可我们总觉得演绎的成分大一点，因为一句话他说个十遍八遍的，也用不了好像长到一个世纪的半小时。不过他独自一个人闯进小饭馆的那个背影，还是挺酷的。

土狗终于在男同学的不屑和女同学的众星捧月中，升了高三。

如果用一个准确的词语来形容高三的话，那应该是我的噩梦，所有学生的人间炼狱。

那段时间，我对班长、学习委员、各种课代表最深刻的印象，就是他们戴着厚厚的眼镜，用脚轻轻踹开门，抱着厚厚的一摞试卷进来，用略带兴奋的语气告诉我们：卷子到了，黄冈中学。

以至于在以后的日子里，但凡有人跟我提到黄冈或者湖北两个字的时候，我就有莫名其妙的抵触感。那不再是一所学校，那是一个永远不会停工的印刷厂，三下两下，唰唰唰，就可以印出世界上最难的题目来。

说来也奇怪了，读高三的时候我们永远都在以为自己是班里智商最低、能力最差的那一个，嫌弃自己就像嫌弃一个粘了狗屎的臭袜子。

但目前看来，读高三那段时间也许是我们人生中最博学多识的一段美妙岁月了。因为那一年，我们上知天文下知地理，那一年，我们满腹经纶博古通今。

那一年，我们每个人都好像在黄冈中学的鞭策中进步，除了土狗。

土狗的学习成绩越来越差，他在作文上的优势已经不足以支撑数理化、政史地的全面崩盘。在那一波乌泱乌泱、从队头看不到队尾的高考大军中，土狗被完全甩在了后面。

爱跟女同学犯贱，再加上学习差，上课爱说话，影响其他同学学习，土狗成了插在班主任老师心头肉里的一根刺，扎得她生疼。

后来土狗经常被罚站，一罚就是一节课。可是光罚站这个手段根本治不了土狗的毛病。无论他在一天里被罚了两节课还是三节课，三节课还是四节课，说话就是土狗的饭，一顿不说，饿得慌。

坐在土狗后面的我也被牵扯进去几次。

班主任严厉地问我：以后上课还说不说话了？

我吓得不轻，赶快摇摇头，连话都不敢说。

班主任说：回去上课吧。

她再转头问土狗：以后上课还说不说话了？

土狗一抬头，一脸贱笑：老师，我保证以后再也不说话了。好好学习，天天向上！

192

班主任老师说：在这站着好好反省反省！

和土狗一起罚站的日子里，我和土狗的革命友谊急剧升温。因为我太喜欢听他吹牛了，声情并茂，像演电影一样。

他问我：你知道我为什么从牡丹江转到宁安吗？

我说：不知道。

于是他跟我讲：因为我被铁三给开除了……我把×××一拳就打趴下了，他像个王八蛋一下趴在我脚下……

这时，我在脑海里想象着各种各样血往外喷的镜头，生动刺激，比教科书好看多了。

当然我们也做正经事，我们聊人生。那时候的我们还年轻，单纯地以为高考成功就是人生的全部。可土狗这样的学生，他的人生呢？

我问土狗：你想过未来吗？

土狗说：想啊，我天天都想。

我再问：那你觉得你的未来会是什么样呢？

土狗眼睛发亮：会很牛×。

土狗说话的时候只能用很小的分贝，因为我们背后有一堵墙，墙的另一面就是琅琅读书的同学们。他们被勒令背《出师表》，背马丁·路德·金的《I have a dream》。眼光犀利的老师游走在教室间，他会盯着同学们的脸和嘴，如果有哪个学生是照本宣科读出来的，那估计他的下场会很惨。因为，只有他们背出来的课本，才是未来，而我和土狗聊的人生，就只是两个犯了错误的孩子的一场梦。

高三的学期没开始多久，我就从十四班调到了十三班——文科尖子班。那里阳光普照，一片春意盎然；那里风光无限好，连有人打个呵欠都是因为读书过度疲劳的后遗症。那里，才是更接近梦想的地方。

那里一切都好，可是那里没有土狗。

进了尖子班，我便潜心钻研学习去了，虽然只隔了一堵墙，但还是和土狗渐渐少了联系。

高三下半学期，土狗还是和扛霸子们打了一架。不知道是谁看谁不顺眼，也不知道土狗受伤了没有，只知道土狗被开除了。

被牡丹江开除了赶到宁安，又被宁安开除了赶回牡丹江。在权威而强大的教育体制里，土狗就像一只丧家犬，被赶来赶去，不容许呜咽讨饶。

那时候没有座机没有手机，连部小灵通也没有。所以在土狗回到牡丹江以后，我算是彻底和他失去了联系。

听说高考的时候，土狗表现还不错，竟然奇迹般地考上了黑大。在大学里你不仅得会学习，还得会交际，八面玲珑才吃香。懂得逢迎的土狗终于从土狗成了贵宾，大学校园就是他撒欢儿的优渥土地。听说他在黑大还是个风云人物，在校广播台做资深主持人，后来做到副台长。

得知这个消息的时候，我一点也不惊讶。因为土狗从高中的时候就被我们发现他有着浑厚富有磁性的声音线条。

有的时候同学们上了一天的课累了，又赶上下午上课的是好欺负的年轻老师，就由班里嗓门儿大的男生带头起哄：老师给我们唱首歌吧！

这个时候，年轻的老师会把眼睛眯成一条缝，说：我不会唱，我给你们找一个会唱的。

然后大家再一起哄，土狗就上台了。

他唱《假行僧》唱得特别好，把声音压低了，带着一种富有沧桑的腔调，大声唱起来：

> 我要从南走到北，我还要从白走到黑
> 我要人们都看到我，却不知我是谁
> 假如你看我有点累，就请你给我倒碗水
> 假如你已经爱上我，就请你吻我的嘴
> ……

2015 年元旦前的某一天，土狗突然出现了，在失去联系的第十一年。

我好像并不怎么惊讶，也没想象中兴奋。我们什么都聊，昨天今天明天，曾经现在未来，想到什么谈什么。望着长长的聊天记录，我们端坐在各自的电脑前，天各一方。

好像昨天就是 2004 年，离别前的那一天。

我笑了，我相信电脑另一端的土狗也会笑。

然后我们给了对方一个来自老朋友的温暖拥抱。

土狗还像以前一样爱说爱笑爱犯贱。还是一副生机勃勃、积极乐观的样子。

他笑着跟我说：今年九月刚从里面出来。

我问：哪里？

土狗笑：局子里。

我一下就蒙了。足足有半分钟，我说不出话来，也无法思考。

土狗一定猜到了我会有什么样的表情。他反过来安慰我：不用惊讶。判了两年半，这不刚放出来没多久。

我问他：因为什么？

土狗不避讳，也不多谈，只告诉我：政治斗争。

土狗大学毕业后，土狗的父母花高价让他留在了学校。开始在司政党口喝茶上网看报纸，后来被领导看中，调到了校长办公室。关起办公室的门，领导拉拢着土狗一起研究提早发家致富的道路——给考试不通过的同学改分数。

一改一个准。

准了，就收钱。

　　土狗也风光了一段时间。有校长遮风挡雨，又能看见真金白银，要面子有面子，要里子有里子。可是终于，校领导班子换届，因为政治斗争，校长这片黄金大瓦片，终于变成了土坷垃，一揉就碎了，弄得土狗从头到尾全是灰。

　　土狗说他进去的时候没那么绝望，因为取保候审的时候，他自己算过，在里面要待多少年、多少天、多少个小时，他心里都跟明镜似的。

　　土狗安慰他的父亲母亲，还有大学时一直谈着的女朋友，说：乖啊，你们再看两次春节联欢晚会我就出来了。

　　土狗的父母等了，土狗的女朋友没等。

　　他们的分手可以说是和平友好、悄无声息。

　　为什么这么说呢？因为土狗进了局子以后，他就再也没有看见过他女朋友。没争吵，没动静。任凭土狗在里面肝肠寸断、老泪纵横，都没有用。

　　此谓和平友好、悄无声息。

　　说起土狗的爱情，还是得从 2003 年说起。

　　我们都知道，自从五十块钱事件之后，欢欢就对土狗非常好了。而且好得特别。

　　欢欢是个出了名的小气鬼，不是假小气，是真小气。对别人小气，对自己也小气。比如，难得周末休息的时候，我们约着一起逛街,要么去操场打球,欢欢自己躺在床上看书——因为这样可以减少体力,也就减少食量。

省钱。

但是有一天,欢欢主动请土狗吃饭了。

土狗直到那天才认认真真看欢欢的脸,瘦瘦一条,眼睛大大的,睫毛长又弯,怎么眯着眼笑,都不会弯成一条缝。

土狗一下就被一股电波给击中了,全身瘫痪了好一阵儿。

欢欢说:今天晚上操场小树林,不见不散。

土狗直到欢欢红着脸跑开,都没缓过神来。我把他摇醒,问他:发春了?

土狗最后还是没有去。

漆黑漆黑的小树林里,隐藏着无数对偷偷摸摸恋爱的小情侣,有高三的、高二的,还有高一的……他们有的手拉手,有的羞涩地拉开一米多距离。

欢欢一个人等了半夜。

在冰天雪地里等了半夜。

宿舍的大门都关了,欢欢最后跳门回来的时候都冻僵了。之后就不说话,跟谁也不说。

土狗被开除了以后,欢欢省了两天的饭钱又翘了一天课到牡丹江找他。最后终于找到土狗了,他和一个特别明媚的小姑娘一起拉着手,请欢欢吃了一顿肯德基。

我们问欢欢：你吃了吗？

欢欢狠狠点头：吃。为什么不吃？得把车费吃出来。

我们咂咂舌头，问：好吃吗？什么味儿？

欢欢一下就哭了：特别好吃，也特别苦。

土狗说，从监狱里出来的那一天，他没有急着拥抱焦急等待他的亲人。监狱里的同犯们都告诉他，出了门一直往前走，千万不要回头，否则说不准哪天还得进来。

土狗咬着牙，坚定地站在大门口。平时都是从里面往外看，抻着脖子踮着脚看，风景真美好啊，虽然眼前是堵四面不透风的高墙。土狗心里想，他一定要在出去的那一天回头看看，从外面往里看，究竟是什么样的风景。

于是，土狗慢慢地回过头，高墙、电网、哨岗。

原来，他妈的和从里往外看是一样啊！

土狗与世隔绝两年半，俨然成了半个原始人。他一出来就惊呼：怎么朋友圈里这么多卖假包的二道贩子？

没过多久，土狗也成了二道贩子。卖房、卖车、卖工作，还卖俄罗斯进口帝王蟹。一有人怀疑他的货源、嫌他的蟹子贵，他就扯着嗓门儿跟人喊：我的蟹要不是从俄罗斯进口的我把脑瓜子给拧下来！

我和土狗重新建立联系的时候，土狗已经缓过来了。不管是经济上还是感情上，他总能最快找到平衡点。对于困难和挫折，土狗就像是一块海绵，打进去了，马上就弹回来，丝毫伤不着他半分。可对于感情他不行，他也是海绵，海绵遇到了水，越装越多，越装越沉，最后盛不下了，海绵就掉进水里淹死了。

人人都以为重感情的土狗会把当年跑掉的女朋友重新追回来，可是他没有。土狗说：走了就是走了，就再也不属于我了。

土狗从里面出来的第一件事，重返宁安，像贼一样潜入了一个小区里，他盯着一栋楼，一户人家。

有一个年轻小少妇，大大的眼睛，长长的睫毛，怎么笑也眯不成一条缝。她抱着一个看起来两岁大的孩子，一脸幸福，一心宁静。小孩子一尿，旁边的男人嬉笑着说：欢欢，把孩子给我抱。

对于当年土狗为什么不去小树林赴约这件事，我一直都有疑惑。以土狗敢爱敢恨的性格，若爱，一定会去。若不爱，他又怎么会在这么多年以后还心心念念。

土狗反问我：小树林……你怎么知道我没去？她等了我半夜，我想着她直到天明。

在东北黑龙江一个叫宁安的小县城，土狗在那个学校的幽黑的小树林里整整冻了一夜。看着欢欢雀跃着来，再看着欢欢哭着离开。

土狗说：我玩儿得起，但欢欢不行。我考不上大学，可以花钱读个三本，或者干脆在家里盘个小店，卖水果卖蔬菜，卖麻辣烫都行。但欢欢不行，欢欢一定要考上好大学，规规矩矩、平平安安过完她的人生。

欢欢去牡丹江找土狗那一次，土狗随便拉来个女孩把欢欢气走了。

2005 年的秋天，土狗在大学校园里还没坐热屁股就跑到欢欢的学校，带着鲜花，还借了一身笔挺的西装。土狗想完成一场攒了两年的浪漫告白，结果他到了欢欢宿舍楼下的时候，看见一个长得歪瓜裂枣、口歪眼斜的小男生在和欢欢接吻。

我问土狗：真的歪瓜裂枣、口歪眼斜吗？

土狗没有理我。也许他的思绪这会儿已经飞回到了 2003 年的那个冬天。他已经早早等在了那个寂寞的小树林里，还生了一堆小火。欢欢跑过来，土狗把欢欢的手放在火上烤。

他问欢欢：冷吗？

欢欢不回答，烤暖了手，热乎乎放在土狗的耳朵上。土狗全身瞬间像电流打通了一样，血液像青春在白雪茫茫的世界里奔跑，颤抖的心始终停不下来。

远处有一道灯光向土狗和欢欢一闪一闪，巡夜的老头在高声呼喊：谁？把火灭了！

土狗一脚把火踹灭，拉着欢欢朝着反方向跑。脚步踩到雪里的声音"咯吱、咯吱",欢欢开心的笑声"咯咯、咯咯"。

旁边的人把土狗摇醒,问他:你傻笑啥呢?丢神了?

土狗说:丢了,我把自己都弄丢了。丢在了2003年的那个冬天。

再见，
我的傻姑娘

在遥远的十年前，我还不满二十岁。那一年和我一起怀揣梦想、跋山涉水坐火车从黑龙江到长沙读大学的热血青年有很多，张大雷是其中一个。

从某种程度上讲，张大雷和普通的男同学没什么不同，一起军训晒破皮，一起对着漂亮的姑娘吹口哨，一起吹着不着边际的牛。

但其实张大雷和他们都不同，他经常操着一口东北话说：雷哥今年二十八！

嗯，张大雷比我们整整大十岁。

比我们大十岁的张大雷在学校也算得上是一个传奇人物，如果说汽机学院的张大雷可能没有人知道，但是说"那个留着落腮胡、比咱学院辅导员都大的大一新生"，大家就都知道说的是他了。

张大雷年纪大且老相，张口闭口以"雷哥"自居，但也仅仅是"自居"而已。

张大雷为了树立起"雷哥"的威信，会时不时地放大招——请吃饭。但凡能和他说上两句话的人，几乎都吃过他的饭，从食堂二十块钱一套的鱼头火锅到人均百十块的牛排。在我们每周吃一顿肯德基就变得捉襟见肘的年代，张大雷请一顿老北京火锅连眼睛都不眨一下。

张大雷也因此交到了一些朋友，有的朋友愿意陪他一起酒肉穿肠，也有的朋友愿意同他一起在彷徨中成长。

有的人在懵懵懂懂中把自己吃成了一个胖子，有的人从一个很幼稚的小男生，变成了有些成熟的张大雷。

张大雷讲话气沉丹田，多喝两杯的时候喜欢用他十分有穿透力的声音给我们讲他的故事，一个关于为什么张大雷比我们有钱的故事。

在考进我们学校之前，张大雷是一个洗车店的小老板。十七八岁高中毕业以后，他就自己拎着一个破铁桶，往肩膀上搭两块毛巾，支一个小板凳，在街边一蹲，冲着每一辆开过的车喊：洗车喽！便宜洗喽！不给钱给包烟也行哦！

一喊就是几个年头。后来张大雷攒了很多烟，各种各样的烟。一包两块的、五块的、十块的，也有人给他几十块一包的烟。张大雷从那个时候练就了一手特殊的本领：一闻盒子，就知道是什么牌子的香烟。

这样过了很久，张大雷慢慢攒够了钱，开上了自己的洗车店。

我们问过他，都这么有钱了，为什么还要学着年轻人坐着绿皮火车来读大学，读完大学还不是一样回去十块一次普通洗，三十一次精洗？

张大雷吸一口烟，把自己弄得烟雾缭绕，缓缓地说：你们都不懂，知识是一种很神奇的东西，我要用它……去一去我身上的粗俗气质。

和他走得近些的人都知道，张大雷不是热爱学习的人，但他从来都不翘课。哪怕喝酒喝到凌晨五点，他也能随便找个水龙头抹把脸，接着就去上课。

张大雷在整个大学期间的人生信条都是：哪怕睡死，也要死在课堂上！

所以，张大雷从课本上学到的知识极为有限。大一结束时，他有三门功课挂红灯，可以说，他的粗俗气质被从头到尾完完整整保留了下来。

张大雷的一些课本由于常年要被他的口水攻击，有些字迹已经难以辨认了。合上湿漉漉的课本，张大雷立刻变成热血青年，拉着我们到校门口的烧烤摊，女生撸串子，男生喝啤酒加撸串子。

我们常常光顾的烧烤摊，老板是个年轻的小寡妇，一个人支撑着烧烤摊，对着一个三四岁模样、满地跑的小姑娘喊：崽，莫跑喽……

张大雷经常吃到一半就把背心脱下来，光着膀子先给我们讲俩荤段子。看到几个女同学滴酒未沾面颊绯红，马上假装抽自己一嘴巴：就我这张嘴，又跑偏了。

隔壁桌的同学一脸羡慕地小声跟我们说：嘿，你们辅导员又请吃饭！

吃罢，老板娘跑过来结账。张大雷满嘴酒气：能给打个折扣不？

老板娘脸一红：小本经营嘞！

张大雷眼睛一眯：不给打折，来，让雷哥抱一下……

吓得老板娘面容失色转身跑掉，换来一个五大三粗的壮士，把账单一亮：来，埋单！

张大雷变得不那么粗俗应该是在大三的上学期。

有一段时间他突然不再联系我们，没有校门口的烧烤，没有坡子街的老北京涮羊肉，连顿肯德基也没有。没有张大雷的接济，我们的生活水平被集体拉低了一个档次。

就在我们以为他已经想明白过来，退了学回去继续人五人六地当他的小老板的时候，张大雷又出现了。

他的身边还多了一个娇羞的姑娘。姑娘叫安夏，地道的湘妹子。立在张大雷身边，像一朵百合花一样清新，俩人形成了一个鲜明对比。

我们见到张大雷时，他整个人都不一样了，耷拉着脑袋猫着腰，虽然还是熟悉的东北话，可是已经没那么铿锵有力了。

他说：晚上，我请大家吃饭吧……

我们第一次发现，原来张大雷也有低眉顺眼的一面。看来能治得了张大雷的，不是一位优秀的老师，而是一个美好的姑娘。

酒过三巡，安夏姑娘脸颊泛红，端起酒杯一仰而尽。张大雷闷不作声，也跟着干了一杯。

安夏娓娓道来她和张大雷的故事。

安夏是张大雷众多的酒友之一的同班同学，城南学院，比我们高一届。有一次张大雷请客，同学带上了安夏。

张大雷穿背心大裤衩，头发剪得不足一厘米，胡子拉碴，面相老成，张嘴就是：雷哥那年二十八……

安夏对张大雷的第一印象跟我们对他的第一印象一样：俗，俗不可耐。

如果不是隔壁桌掀了桌子，砸了盘子，吓哭了孩子，安夏和张大雷的缘分或许仅限于那一次烧烤。

隔壁桌打完架就窜了，老板娘搂着孩子哭。

张大雷帮忙拾盘子：你们不有个五大三粗的伙计吗？

同情心泛滥的张大雷留在老板娘身边，帮她收拾了残局，又扔下几百块钱，说：他们逃的单，我出了。

安夏说，那是她第一次知道，那么粗俗的一个人也有迷人的一面。

我们见到安夏那一次，安夏正在苦苦地追求张大雷。被这么好的一个姑娘穷追不舍，张大雷却不为所动。

旁边的人偷偷问我：张大雷不会真的喜欢烧烤摊的那个小寡妇吧……

不知道，我们谁都不知道。

安夏追求张大雷的事闹得也算轰动一时。

湘妹子长得小巧，安夏又格外的水灵，大眼睛，双眼皮，鹅蛋形的面庞，一双又直又白的腿，连姑娘们看着都觉得带劲。张大雷呢，只能用三个字形容：老，老，还是老。他们认识那一年，张大雷都三十岁了，安夏才是个二十岁出头的姑娘。她和张大雷走在一起，就算不是她爸，起码也像个娘家二舅。

认识他们的人都说，安夏不是缺少父爱，就是瞎了。

对于他为什么不肯就范，"娘家二舅"对我们只字不提。每次吃饭依然保留原来的曲目，除了调戏老板娘，就是讲荤段子。只有安夏尾随的时候，张大雷才能收敛一些。

安夏从张大雷三十岁那年，一直追到他三十一岁。

整个大三那年，张大雷被小他十岁的年轻小男孩羡慕得直吐血：安夏给张大雷送饭，安夏给张大雷抄课堂笔记，安夏给张大雷买盗版光盘……

张大雷常常一边光着膀子喝啤酒一边念叨：安夏啊安夏……

后来张大雷跟安夏有过很短暂的一段恋爱，或许是一个星期，或许是半个月。那么轰轰烈烈的爱情开始了，却像开了一枪打了个哑火，无声无息地就结束了。

有人说是安夏"复明"了，有人说是张大雷这个王八蛋把安夏甩了。我们没有问张大雷，张大雷也没告诉我们。

张大雷曾找我帮他注册了一个博客。

他说，大学的四年，应该是他这辈子送给自己最奢侈的礼物了。在学校里面他遇见了一些好朋友，一个好姑娘，还有他亮红灯的课程，他调戏过的老板娘，他要把他们都记下来，以后离开了，留个念想。

我问他：叫什么名字呢？

他想了一下，说：就叫，"再见，雷哥"。

张大雷的博客上经常会写一些拗口又生涩的诗句。

比如有一次他写：雷哥二十八，姑娘你几岁？我看不见你，你也不要来见我。再见……不，雷哥想见你。

我们也曾经猜想过，张大雷诗中的姑娘一定是指的安夏。他是觉得自己太老太俗，配不上人家安夏姑娘，所以一直拒人家于千里之外。

后来证明，他不是。

张大雷三十一岁生日那天，我们几个人凑了钱请他吃饭。张大雷很高兴，他说那应该是他进了大学以后第一次有人正儿八经请他吃一顿饭。

我们问他：那平时我们请你吃的盒饭、套餐，还有校门口的快餐馆，都不是饭吗？

张大雷狠狠喝了一大口啤酒：没有酒的饭，也叫饭？

生日聚会快结束的时候，安夏出现了。阔别一年的安夏整个人都不一样了，绾起了头发，涂了浓艳的红唇。我们差点没认出她来。

我们起身：安夏姑娘，你来了？

安夏不看我们：嘿，张大雷！

张大雷满身酒气。

我们腾出一个座位，安夏坐到他旁边。

一桌子没人敢出声。

过了很长时间，安夏慢慢从包里掏出一张照片。那是一张被撕碎又认真粘好的照片，照片里一个齐耳短发的女孩穿着学士服，笑成一朵花。是一个姑娘的大学毕业照。

张大雷有些惊讶，刚抬起头，被安夏炽热的眸子吓回来，又马上低着头，把一双沾满了油渍和啤酒的手擦了又擦，然后小心翼翼地在照片上摩挲。

安夏说：张大雷，我累了。我要选择自己的幸福了。

张大雷一声不吭，把头埋得更低。

泛着酒精和荤腥味的空气固执地沉默了很久。我们看见安夏姑娘的眼泪一滴一滴，然后是一串一串，流了有一个世纪那么长。

那天晚上张大雷喝得烂醉，喝到最后他管烧烤摊的老板娘叫大嫂，管老板娘的女儿叫二姨。

很久后我们才知道，张大雷和安夏有过一段很短暂的恋爱。

短，真的很短，只有三天。

如果不是安夏在张大雷钱夹里发现短发女孩的照片，然后把它撕碎，或许他们恋爱的时间可以更长一些，五天，十天，或三十天……

照片里的女孩是张大雷的初、高中同学，同时还兼任他的女朋友。本来两个人感情很好的，高考结束后，女孩考上了大学，张大雷没考上，就蹲路边给人家洗车，挣的钱张大雷给女孩买零食买衣服买化妆品。他执拗地认为，只要他挣够了钱，等她毕业，俩人就扯证。

结果女孩毕业，扯证成了扯淡。

从大学校门跨出来的女孩和张大雷完全没有了共同话题，张大雷跟她谈洗一次车挣几块钱，她跟张大雷说一天不读书智商就会输给猪；张大雷给她买条又粗又闪的金链子，女孩说像土包子。

张大雷说：来，叫雷哥。

她说：不，叫雷哥像小流氓。

于是，张大雷慢慢发现，他和女孩之间横了一道无形的大学校门。女孩在里面，他在外面。

2002 年的时候，张大雷跟女孩求婚，女孩回答他说：张大雷，我们分手吧。

张大雷一拍大腿，熬了几年，也熬出了一张录取通知书。他固执地认为，只要他推开那扇无形的门，就可以重新寻找回他的爱情。

张大雷有的时候很苦恼，常常想破头皮也想不出，为什么自己都在大学里熏陶了这么长时间，也不能超凡脱俗。

我们跟他掰扯：一，你不是熏陶了这么长时间，你是睡了这么长时间；二，你张大雷，就是一个俗人。

俗人张大雷睡了四年，终于在 2009 年成功地睡出了一张毕业证书。

张大雷拿到证书的那一天，穿上他提前定制的学士服，拍了很多张正儿八经的照片。他说，他要洗上一百张，满满地糊一墙。

在吃散伙饭那天，安夏不请自来。

有了安夏的加入，张大雷又变得矜持不少，整晚也没讲上一个有色笑话。安夏反倒显得和往常有些不一样，吃肉喝酒，大声说话。

她说：张大雷，我跟你喝一杯。

她说：张大雷，你结婚的时候一定要请我。

她说：雷哥，再见啊……

张大雷为他的威信埋了四年的单，临了临了，终于有人肯管他叫雷哥了。张大雷心潮澎湃，他眼泛热泪，面若桃花，千言万语汇成一句话：再见，我的傻姑娘。

爱情不如意，十有八九

　　在我不算丰满的前二十几年里，我认识许多个性古怪、刁钻作孽的朋友，其中不乏落魄的艺术家和疯狂的新闻民工。

　　小茶应该算是"民工"中性情比较温和的女孩子。几年前我在一次新闻发布会上认识她的时候，她被众多的长枪短炮挤在外面，不着急往里挤，也不像其他困在外围的记者抻长了脖子和手臂去拍，淡定且业余的样子。

　　但她简直太扎眼了，大冬天的穿一短袖粉色毛呢裙，登着极细跟的皮鞋，拿着一支录音笔。并且，她化了精致的妆，在她的映衬下，其他的女记者跟刚从煤堆里爬出来似的。

　　我不自觉地往远处挪了挪脚步，拉开与她的距离。

　　没想到过了一段时间，我和小茶的单位互相建立合作关系，一来二往，我和小茶的感情迅速升温。

　　女人感情升温以后，黏在一起干的事基本就那几样，逛街吃饭看电影，还有就是聊天谈心讲八卦。

　　小茶的八卦量大质优，两张小薄嘴皮儿一张一合，一说就半天，我在一旁嗑着瓜子喝着茶，跟听评书似的。小茶之所以故事多，部分是因为她有丰富的相亲经历。

　　从十六岁开始，小茶的人生里就充斥着各种各样的相亲和令人眼花缭乱的男孩子。

　　我问小茶：为什么是十六岁？那岁数还是少女呢。

小茶说：有一种单身，叫"你妈受不了"。

小茶细数了这些年和她相亲的男孩子，没有三十个也有二十个。也许没经历过相亲的人不理解这个数字是什么概念，小茶给我打了一个不太恰当的比方：就跟搬家似的，平均半年你就得搬一次。一开始的时候觉得很辛苦，所谓破家值万贯，锅碗瓢盆，哪怕一个线团也要拾掇好搬走。搬个几次就疲惫了，大件带着，其余能省则省、能扔则扔。

感情也是一样，最初相亲的时候，小茶用足了力气，把羞涩懵懂和纯真，都用在了十六岁不懂风月的年纪。许多年以后的小茶，能带过去的，只剩下了好看的衣服和精致的妆。

我第一次和小茶相遇的那一天，她也是奉命去相亲。

小茶虽然阅人无数，但她只谈过两场恋爱。

一场是十六岁那年，小茶第一次相亲的男孩，比小茶只大一个月。两个人的年龄还处于"我妈让我来相亲，我们就应该在一起"的美好思维方式。

小茶跟男孩谈恋爱谈了两年才从这种思维中解脱出来。两年里，小茶也习惯了有男孩的陪伴和照顾。

那时候，小茶和男孩的学校离得不算远，每周末都能见上一面。因为是父母安排的相亲，所以小茶的恋爱资金充足。

我们冰天雪地牵着手压马路，冻僵了也不舍得回各自宿舍的时候，小茶正和她男朋友喝着可乐坐电影院里看《变形金刚》呢。

如果那时我就认识小茶，我一定恨她恨得她牙痒痒。小茶说，如果那时她认识我，她也一定恨我恨得我牙痒痒。我恨她爱情太优越，她恨我的爱情太纯真。

直到许多年以后，小茶也不承认她十六岁的初恋小男孩是真爱，她说之所以一谈就是四年，充其量就是习惯了有他在。

说起来，习惯真是一种伟大又可怕的力量，它让很多婚姻在爱情消失殆尽后，两个人还能温情地生活在一起，让小茶在那一段青涩的时光里，看不清爱情究竟是什么东西。

2009 年，小茶大学毕业。

在思量许久以后，小茶冒着被父母赶出家门的风险和男孩提出分手。我很好奇，谈恋爱谈了四年，男孩会是什么反应。

小茶让我猜。

我说：一定不会是哭得死去活来求你别离开。

小茶说：我把他的反应告诉我妈以后，我妈竟然搂着我说"苦了我女儿了"。

我心咯噔一下：他不会揍你了吧？

小茶说：他要揍我，我马上抱着他大腿求原谅。他摘下眼镜，擦得一丝不苟，然后跟我说，我回去跟我妈商量商量。

在和初恋友好分手以后，小茶又开始了她漫长的相亲生涯。

218

从学士到博士，从经商的到从政的，这些男人身高长相性格和谈吐迥异，但都有一个共性：家庭还不错。这也是小茶父母给她介绍相亲对象的硬性条件之一。

小茶每一次相亲都盛妆出席，因为她，也不是不期待爱情。

小茶说，她真切爱过一回。男人是个外企高管，有车有房长相好看，一看就是年轻有为、思想独立的样子。

我问小茶：条件这么好，你为什么要和他分手？

小茶说：因为我要的不是条件好，我要的是懂我爱我，跟我一起哭一起笑的人。

我问她：他不是那样的人吗？

小茶点点头，又摇摇头：他懂我爱我，也会跟我一起笑，但当我哭的时候，他会给我分析原因，然后像解一道数学题一样，列好万能公式，告诉我下一次一定不许再错了。那时候他理智得……让我觉得可怕。我不想二十多岁就过上四十岁的生活。

我惋惜：只差一点点。

小茶也感觉惋惜：真的只差一点点。

她仰面长叹，悲从中来：爱情不如意，十有八九，我什么时候才能遇到如意的那一个？

我和小茶的合作持续了半年，后来因为没有更好的合作模式而走到了尽头。合作的半年里，我和小茶谈的更多的并不是工作，而是如何更好地相亲，如何精准狠地擒获合适的那个人。

小茶是圈里面出了名的相亲中的战斗机，光是花在相亲时穿的衣服的数字就已经可以惊掉众人下巴了。几乎所有跟小茶熟悉的人与她见面的问候语都是：哎小茶，最近相亲了吗？像老北京见面互问"您吃了吗"一样一样的。

小茶因此也有着崇高的地位——所到之处，热心大妈都问上一问：小茶，有合适的男孩子吗？给我侄女介绍一个，给我外甥女介绍一个，给我家邻居的表妹的干闺女介绍一个。

这时候小茶郑重其事地掏出手机，随便翻出一张照片拿给她。大妈会心一笑：就这个，这个挺好。

据不完全统计，这些年下来小茶成功拉郎配的也有好几对了。

2013年，我换了工作搬了家，我和小茶平时的工作也越来越繁忙起来。最后一次见小茶，是那一年冬天的一个晚上。

很晚了，小茶叫我出来喝酒。她刚和一个相亲对象一起吃了晚饭。这回是个儿科医生。

一看小茶的臭脸，就知道又成不了。

我劝她说：儿科医生多好啊，挣得多，有爱心。

小茶反驳我：你怎么跟我妈似的呢？别人给我介绍个男的吧，我妈先问有没有房，有没有车，干什么工作。

我说：这是为了你好，应该问的。

　　小茶喝一口郁闷酒：我也知道应该问，但我不喜欢。我理想中的爱情吧，应该是有血有泪、有情怀有理想的。

　　我问她：有血有泪，就是你拿刀把他砍哭？

　　那天，我陪着小茶喝酒喝到凌晨。

　　小茶一直怀揣着十六岁时憧憬的爱情，一路跌跌撞撞相亲相了八年。走了那么多路，见过那么多张不同男人的脸，被街头的小孩子从姐姐叫成阿姨。我不知道应该怎么评价小茶的爱情观，是该庆幸她纯真不改，还是该感慨她不懂入世。

　　小茶说，医生谈吐风趣幽默，没问她一个月挣多少钱，也没嫌她说话的声音大。

　　小茶本来可以和这个医生聊得更久一点的，但一过了九点钟，医生频频看门口，眼神明显慌乱了。

　　过了一小会儿，一个年轻高挑的女孩子夹着一支粉红色的玫瑰花走过来。小茶看了自己桌前这一支，叹了一口气：哦，该下一拨了。

　　小茶告诉我，她跟医生的这一次相亲，明显感觉心力交瘁。她之前竟然没有意识到，她在选择一个如意的人，而自己，也是被选择的其中一个。爱情不应该这么随意而仓促，应该是慢慢来，刚刚好。

一晃两年过去了。

期间我和小茶有联系，但并不频繁。这两年小茶很少去相亲，她参加了一个马拉松训练营，空闲的时候跟着一些朋友去跑跑步。

有时，小茶给我发来一些她跑马拉松的照片，有路过的风景，路过的人，也有她的自拍。小茶自从跑马拉松后瘦了一些，也精神了很多。

小茶和我之间的话题，从相亲相亲和相亲，变成了马拉松风景和生活。我跟小茶开玩笑说，离开男人的生活，你的生活变更好了。

小茶笑而不语。

某个黄昏，小茶发来一段视频。她随队跑了很远的路以后大汗淋漓地躺到了草地上，双眼轻合，脸颊绯红，胸脯起伏急促。阳光洒到她的头发上、脸上和胳臂上，她十分惬意地笑着。

那是我见过小茶最干净的一幅画面。她憧憬却不再追逐爱情，她渴望却不苛求美满，她已经做到了，剩下的，应该交给缘分。

八月盛夏，整座城市的连翘都结出了饱满的果子。这一月，我收到了小茶送来的结婚邀请函，婚期定在十月。

我有些意外，问她：终于……找到如意的那一个了？

小茶忽而脸一红，神情羞涩得一如十六岁那一年，小茶的妈妈说"明天妈妈要给你介绍一个小男孩"……

和小茶的名字一同写在请柬上的三个字是胡言召，小茶管人家"大壶大壶"地叫着。我以为大壶和小茶是跑马拉松认识的，小茶告诉我不是。

大壶是小茶其中一个相亲对象的同事。严格意义上来说，这应该是一个挖墙脚或是三角恋的故事。小茶去相亲，没相中相亲对象，结果作为陪同去的大壶相中小茶了。

比起小茶以往的相亲对象，大壶不算是出众的，起码长相没达到小茶的预期。

几个月下来，小茶感觉自己的心似乎慢慢被大壶打动了，但有的时候，小茶又觉得也许两个人并不合适。

比如小茶跑马拉松，大壶对马拉松完全提不起兴趣；小茶喜欢吃辣，大壶一吃辣就满头大汗；小茶喜欢看欧美烧脑大片，大壶喜欢看轻松无厘头喜剧……

共同爱好几乎为零，小茶实在想不出，如果两个人真的在一起了，漫漫长路，他们要靠什么一起生活下去。

城市在干旱了很久以后，有一夜倾盆大雨。

凌晨的时候，小茶被叫出去拍片。门外电闪雷鸣能吓死先人，小茶试着给大壶打了个电话，问他：你能不能借我用一下车？

大壶挂掉电话，立刻穿越了大半座城市来接小茶。

那天的雨下了一整夜，很多车都被淹了，有的人被困在车里不敢开回家，有的车被冲到了水里无能为力。

淋了一夜雨的小茶第二天被大壶送进医院打吊瓶。

填表的时候，大壶问她：小茶……我还不知道你真正的名字和年龄呢。小茶一愣，扯过病历本，写上了自己的名字和年龄。

小茶问他：不知道我的名字……太夸张了吧？

大壶涨红脸，告诉小茶：不好意思问同事，毕竟是干了挖墙脚的勾当。问你吧……时间越长，越没法问"小茶你叫什么名字"……

那场大雨过后，小茶决定严肃认真地和大壶谈一场恋爱，他若不离、她便不弃的恋爱。

我问小茶：因为他叫不出你的名字？

小茶点点头：对，就因为他连我的名字都不知道。我也想明白了，我要把爱情看得简单一些，不需要喜欢同样的东西，甚至不需要知道他的名字，我只希望我需要的时候，他愿意陪在我身边。

我总觉得小茶和大壶的爱情过于简单平凡。

小茶曾经说，她期待的爱情是有血有泪的。小茶并没有一刀把大壶砍哭，关于情怀和理想，他们大概也没谈过吧。

　　但是感情这东西，摸不准猜不透。可以憧憬不能追逐，可以渴望不能苛求。爱情不如意，十有八九。

　　如意的那一个，在你做好自己的路上。

你的梦想
还好吗

嘿！你是谁？

你生活在狂躁不安的世界中吗？你还在谈梦想吗？

卑微而渺小的梦想。

严肃而伟大的梦想。

有一个面相好看的奇怪少年，叫啊嘟。我认识他的时候，他正努力地兜售他的梦想。

梦想不贵，二十块一份。

我所在的城市是一座文化气息极为浓厚的城市，老舍琼瑶李清照，虽然说起这三位谁和谁也不挨着边儿，但都多多少少能和这城市扯上关系。可是到了夏天以后，即便再厚的文化也遮不住啤酒蛤蜊羊肉串的味道。

我就是在这种味道里认识的少年啊嘟。

我家楼下有一个叫大树烧烤的大排档，是我和朋友们经常光顾的地方。老板叫什么名字我们都不知道，人人都喊他"大树"。我们去得多了，有的时候大树会坐下来敬两杯酒，天南地北地吹牛。

老祖宗传下来的，有男人的地方，就有牛吹。

大树的生意越来越好，常常每个桌一个晚上翻四五次台。这个好，绝对不是吹牛吹出来的。大树说，因为到了季节了，但凡吃不死人的烧烤摊，都火到不行。

2012 年 7 月，朋友从洛阳来，念念不忘着大树烧烤的烤羊腿。

有日子不来，烧烤摊的人没有以往的多了，稀稀拉拉的只几桌。大树的啤酒肚子起得老高，见到我们十分热情地跑来打招呼。

我问他：你不是说但凡吃不死人生意就火到不行吗？这怎么做成这样了？吃死人了？

大树一脸牛气不服输：旁边多开了两家烧烤店，逼我放大招！

大树放的招就是他的吉他少年啊嘟。

我们坐下没多久，啊嘟的吉他声随着羊肉串味弥漫了整个烧烤摊子。不知道是不是啊嘟的吉他起了作用，天渐渐暗下来，陆续有客人光顾。

我抬眼瞧着，啊嘟是个面相好看的少年，二十五岁左右的样子，一身青涩的学生装扮，歌声沧桑厚重，像一只温暖的大手，在潮湿的空气里给人抹了把汗。

不是酣畅淋漓，但抓住了我的心。

啊嘟在唱：

　　　　愿你在河山奔跑
　　　　像没穿鞋的孩子
　　　　一个石子扎脚里

鲜血没有流出来

······

　　啊嘟闭着眼睛皱着眉头，是整个烧烤摊子里唯一被陶醉的那个人。大树在我们桌上吹了一瓶啤酒，说：唱的这是什么啊这是······

　　唱完了几首大家都没听过的歌，啊嘟躲在一旁喝水歇嗓子。

　　坐在角落里的一桌客人，桌子底下横竖躺着一堆啤酒瓶子。有个男人明显已经喝醉了，过去和啊嘟商量：来一首《2002年那一场雨》······

　　后面人笑骂道：傻×，雪！

　　男人改口：哦，雪······

　　啊嘟犹豫了一下，说：我不太会唱。

　　男人说：没事，反正你唱得也不好。你就随便唱唱，我们就随便听听。

　　啊嘟又犹豫了一下，说：老师，二十块钱一首。

　　我在啊嘟不远的方位原地吓了一大跳，说：这么便宜！

　　男人也被吓了一跳，说：这么贵！

　　男人果然被吓回去了。二十块钱，买羊肉串的话，一串接一串撸起来可以把签子撸出火星子。

　　啊嘟接着喝他的水。

不一会儿，男人又摇摇晃晃回来了，说：十块钱行不行？也就三五分钟的事。

啊嘟坚定地摇摇头，说：哎，音乐……怎么能用时间来衡量呢？

男人刚要走，啊嘟说：好吧。

啊嘟果然不太会唱，第一句就出错了。他停下来，跟客人点点头表达歉意。

重来一遍，结果啊嘟又弹错了。

在场的客人全都停下来看他。

啊嘟笑笑，又弹了一句，还是错的。

大树赶紧跑过去，说：啊嘟，怎么回事？

啊嘟说：我说了我不会唱。

点歌的男人很扫兴，说：那你随便唱吧。

啊嘟清了清嗓子，唱了一首大家都不熟悉的歌。

啊嘟唱完，点歌的男人好半天回过神，说：你这……唱的都是什么玩意儿？

撸完串子，酒足饭饱。

满地都是花生壳和啤酒瓶。烧烤摊的粗犷文化，只招待有着亲密关系的狐朋狗友。大树吹牛的时候格外豪迈，他说有一天一定要开一个世界上最大的烧烤摊，上面写着：狐朋狗友，吃喝免费。

我们走的时候其他桌已经没有人了，啊嘟也在收拾他的吉他和音箱。

我走过去，问他：嘿！一晚上能挣多少？

啊嘟答非所问：我一首歌二十。你要点吗？

我说：已经结束了啊。

啊嘟才抬起头，说：没结束啊。

我指着旁边：人家都收摊了。

啊嘟说：我没收摊。

于是我给了啊嘟二十块钱，跟他商量：拜托，给我来一首我听过的歌。

啊嘟接过钱，立刻把吉他拿出来。

他重新调了一下弦，唱起来。

他在唱：

　　愿你在河山奔跑

　　像没穿鞋的孩子

　　一个石子扎脚里

　　鲜血没有流出来

　　……

我耐着性子把它听完。

怎么还是这首？我说。

啊嘟边收吉他边回头冲我笑，说：谢谢光顾我。写一首新歌，需要很大力气的。

收拾完他的吉他和音箱，啊嘟骑着他的小电瓶车，消失在夜色里。

一连几天,洛阳的朋友拉着我们去大树烧烤吃烤羊腿,喝扎啤,跟大树吹男人和男人之间的牛。

我没有牛可吹,只好每天晚上都听着啊嘟的陌生音乐,看着他陶醉在自己的世界里。

没有人再点歌。

不管是 2002 年的第一场雨还是雪,都没有人再点。

我记得最后一天晚上,大树过来跟啊嘟说:啊嘟啊,明天别过来了。

啊嘟说:为什么啊?

大树说:你看你都唱的……什么啊?

啊嘟有些不高兴:唱的什么你听不懂吗?音乐啊。

大树挺着更大的啤酒肚,无奈地说:对对对……你唱的是音乐,可我的客人要听歌,要听大家耳熟能详的,都会唱的。你的音乐……我们还是享受不了啊……

啊嘟反驳他:不是啊!你看……

啊嘟伸长了脖子到处看,终于看到了角落里的我。

他眼睛一亮,说:她,她每天都来听我唱歌。

我赶快低下头不看他们,一边把羊肉串撸出火星子,一边侧着耳朵偷听啊嘟和大树争得脸红脖子粗。啊嘟的音乐和大树的烧烤，只能保一个。

大树还是保他的烧烤。

大树说：啊嘟，我明白你的音乐好，可是我得需要你给我把客人唱高兴，你看看……你看看，一个人哭丧着脸……有谁听你唱歌？

啊嘟好一阵子不作声。

隔了好久，他抬起头，问大树：老板，你有梦想吗？

大树被问一愣，狠狠打了个啤酒嗝。

啊嘟说：我有。请你别破坏它，好吗？

大树快哭了：啊嘟啊，哥，我这是小舞台，装不下你伟大的梦想啊。

啊嘟一听，脸沉下去，抚着他的吉他不再说话。

那时那刻，啊嘟和他的梦想，都被大树装进了他的啤酒肚里。"扑通"一声，整个世界都沉默了。

我倒了一杯酒，走过去。

我说：大树，喝了它。

大树抹了一把脑门儿上的汗，端起杯一饮而尽。

我递给啊嘟二十块钱，说：啊嘟，给我弹一首。

啊嘟接过钱：哦。

那是我最后一次听到啊嘟在我跟前给我弹吉他。周遭的一切都很嘈杂，大树已经顾不得关于啊嘟的音乐，关于啊嘟的梦想，关于啊嘟的一切一切。

大树也很忙，大树也有梦想，他的梦想，是开一个世界最大的烧烤摊，然后立一个牌子，上面写着：狐朋狗友，吃喝免费。

最后那一首歌啊嘟弹唱得很起劲，把副歌的部分反复唱，一首歌唱了十几分钟。

啊嘟唱完歌，给每桌的客人都鞠了一躬，好像在跟大家一一告别。

啊嘟真的走了，没再说求老板再给他一次机会之类的话。骑着电瓶车，背着他的吉他，啊嘟真的走了。

我都没有机会问啊嘟：你的真正名字是什么？啊嘟，是哪个"啊"、哪个"嘟"啊……啊嘟从哪里来，会到哪里去，会在哪一个舞台，实现你的梦想？

这些，我特别好奇。

后来因为再也见不到啊嘟，我把和啊嘟有关的一切也慢慢给忘了。有的时候从大树烧烤经过，见到大树越来越大的啤酒肚，和他永远满面堆笑的一张脸，又或者想起他们家的烤羊腿，我会记起来：有一个面相好看的少年叫啊嘟，他在努力兜售着他的梦想啊。

梦想不贵，二十块一份。

2013 年的夏天。

济南的夜空再一次弥漫着羊肉串的味道的时候，我和朋友已经把聚会的场所从路边的马扎子上挪到了家里。几个人在家里吃饱喝足了以后，窝在沙发上看综艺节目。

山东的综艺节目没有《新闻联播》好看，可是电视里有个边唱边跳活力四射的男孩子一下子吸引了我，我瞪大了眼睛、张大了嘴巴盯着电视看。

朋友说：你干脆钻进去得了。

我酒醒了一半，问：这不是去年二十块一首的啊嘟吗？

朋友也跟着凑过来，说：哎，好像是。

肯定是，我说。

电视里啊嘟旁边的主持人介绍说，啊嘟毕业四年，自己做电商，年收入几百万……但啊嘟的梦想，是和音乐一起生，和音乐一起死。

啊嘟夺过话筒，说：属于我自己的音乐。

我把音量调大了一些。

画面中的啊嘟还化了妆，唱着张学友的歌曲，无论音色还是音准，都非常完美。动作一看就是精心排练过很多遍的，什么时候扭屁股什么时候甩头发，都表演得恰到好处。

朋友们都听得很入迷。

我换了台。

朋友问我：干吗啊你？

我说：我终于明白啊嘟为什么不唱别人的歌了。

所有所有都恰到好处，可是啊嘟没有笑。

　　我还记得，一年前在大树烧烤最后见到啊嘟的那一天晚上，啊嘟很落寞地踏上他的电瓶车。

　　我跟朋友说我要上厕所，像送一个分别的朋友那样去送他。

　　我说：啊嘟，我明白你，我哥哥也弹吉他。弹吉他的人都……很倔强。

　　啊嘟说：不是倔强，我只是想讨好讨好自己。你说，人没了梦想，那还算是人吗？总之谢谢你，点了两首我自己写的歌。是……光顾我最多次的客人。

　　我问他：其实，你究竟会不会唱《2002年的第一场雪》啊？

　　他踏上电瓶车，笑笑说：两千块。

我们到最后，

散落在天涯

一

2009 年的夏天我大学毕业。冬天的时候，我辞去了长沙一家杂志社的工作，带着两箱子书就来了济南。那些书也许是我在大学里最宝贝的东西。

对于读书，我的要求不高，从新华书店到街头巷尾发着刺鼻的霉味的二手书小店，我一本一本地挑，一本一本地看。

长沙浏城桥的新华书店特别大，而我最爱它的一点是——它是书店，但它更像个阅览室。不论老人小孩，拿起一本书席地而坐，一读就是几个小时。这里的每个人都小心翼翼地翻阅，不破坏它原本的样子，不影响它的销售，所以书店里从来没有店员来驱赶这些忘了时间的人。

我还喜欢钻进一个昏暗的小巷里，挑上两本页角被翻烂、油墨味异常浓郁的小说。这样的书书店里买不到，连百度百科也懒得去收录它。

或许是被这些油墨味感染到，我不知道从哪一时哪一刻开始，也希望自己是一个能写出一点什么的人。

那一年，我不知道文学梦和白日梦，究竟为什么会有关联。我也不知道济南和长沙不一样，男人没有那么矫情，女人也没那么柔软。

在南方的一些城市，气派的大厦里，不起眼儿的小巷子口，或是马路边突兀的奇怪建筑物，都有可能排座着几排办公桌或格子间，人们在里面对着电脑屏猛敲键盘，赶一篇下午就要交的稿子。

在济南这里，没有。

扯远了。我想说的是，再幼稚或伟大的梦想，被骨感的现实扼住喉咙的时候都显得苍白无力。路，是一步一步走出来，不能用飞的。

最初来济南的时候，通过朋友的介绍，我和几个陌生人一起租住一间120平方米的大房子，三室两厅，半厨一卫。

为什么是半厨呢？

厨房被塑料隔离板分成了两个区域，洗碗池子这一边被完好地保留下来，另一边灶台和吸油烟机的那个区域，被泡沫、废旧的纸箱子和一包包用破布包裹的不知道是什么的物件塞得满满当当。

我没来的时候已经是这个状态了。据说房东跟他们讲好，房子住得要爱惜，不要穿着高跟鞋踩地板，人在家的时候一定要常常给房子通风，还有就是不准用厨房来做饭。

在那一年，最老的80后也只是嘴上没毛儿的小青年，头顶不到天，脚也踏不到地。做饭……那一定是会把房子点燃的呀。

当然这也只是房东意淫出来的画面。

我的房间小，两大箱子的书就被周琰堆放到厨房的一角，用一个泡沫纸严严实实地包起来。

周琰是我们这群房客的老大哥，外号"拉提"，二十八岁，单身，好吃。在没有媳妇的二十八年里，周琰练就了一身精湛的厨艺。房子里能用的锅全都是周琰的，有好几口。吃火锅用一口，炒菜用一口，煲汤用另外一口。每口锅被用过以后，要擦得闪闪发亮，严实地包起来，然后小心翼翼地藏到床体柜里。

据说大部分熟悉他的人都管他叫"拉提"，名字跟尼泊尔人似的，但周琰其实是个正宗的山东大汉，卖保险的。他的生命里只有"拉提"二字——拉业务，拿提成。

拉提拉提，被人一叫就是六年。

在我来之前，跟周琰合租的有一男一女，男的是周琰的同事孟爷，女的叫夏凡。周琰和孟爷都管她叫仙女，仙女下凡。

夏凡仙如其名，特别高冷，不爱与人说话。

我搬进去的那一天，周琰说家里添新成员了，要开一锅。孟爷听了特别开心，屁颠儿屁颠儿地去卧室把周琰的锅拎请出来。

周琰请锅的时候有讲究，他说"开一锅"就是煮火锅，"炒一锅"就是煎炒烹炸，"熬一锅"就是要煲汤。

周琰的火锅很特别,先熬一锅骨头汤,放蘑菇和少量青菜进去,待开锅每人盛上一碗,先喝个鲜味。

出于礼貌,我觉得我应该说几句好听的。于是我说:这吃法真特别,没这么吃过。

孟爷呼噜噜把汤喝进肚子,说:我们一直这么吃,喝饱了能少吃点肉。

刚到济南的时候,我用了整整两个月的时间来找工作。

济南的杂志社少,而我自己的眼光和水平也不十分匹配。工作和我,不是它瞧不上我,就是我瞧不上它。时间长了,我也意识到找份适合的工作是急不来的事。

那段时间,夏凡也没怎么上班,但她性格孤僻,人冷淡,我不能理解为什么周琰和孟爷热脸贴冷屁股也不感觉尴尬。

周琰和孟爷上班的时候,就剩我和夏凡两个人,偶尔在客厅里一起看看电视,好在女孩子都有相似的喜好——热爱韩剧。

有时候我们讨论一下情节,感慨一下为什么这女的这么丑也能当上主角。电视机一关,只剩下大片大片的沉默与空白横在我和夏凡中间。有的时候我也努力挤出一两句套近乎的话,可这只会让本来不近的两个人更加尴尬,然后把各自关到自己的房间里。只有在那里,我们才能活得更舒服一些。

慢慢地,原来在杂志社攒下来的微薄积蓄已经用尽。周琰应该算是二房东，他把整套房子的房租交给房东，然后再来跟我们收。

那时候满大街的租房小广告里都写着"押一付三"，周琰让我一个月一交，这个月交不上，也可以下个月交。

我心里边过意不去，毕竟周琰的状况看上去也比我好不到哪儿去。可是非要从卖血和赖账里二选一的话，我选后者。

12月，我勉强找到了一份和文字有关的文案工作。为了这份不太满意的活儿，我要倒三趟车、几乎穿越整座城市去上班。

济南的冬天难挨，那些温柔浪漫的色彩只能在老舍的文字里轻易感受得到。像我们这种只停留在温与饱即可满足的打工族们，体会到的只有寒冷、寒冷，以及寒冷，更何况我们120平方米的大房子没有暖气。

2009年12月的最后一天，周琰开了一锅。

我们几个男男女女裹着厚重的大棉袄围在客厅里，看着锅里的水放肆地鼓着水花，夹杂着带有淡淡的羊肉味道的水蒸气扑在脸上，这应该是我来济南以后最温暖的时刻。

周琰虽然是我们的老大哥，但其实他只有二十八岁。或许这个年纪，二十八岁的男人应该有车有房、结婚生子，在跨年的日子应该搂着老婆孩子在一个有暖气的房子里度过。

二十八岁男人该有的一切，周琰都没有。相反，他曾经欠下的外债应该够在济南买一套两室的房子。

连看起来穷困潦倒的孟爷也是周琰的债主。周琰欠孟爷，整整有十万块。

债是三年前欠下的，那年周琰的母亲得了重病，刚住院那段时间，一天的费用就要花掉周琰大半个月的工资。

孟爷说，周琰本来业务做得很好。但在母亲去世以后，背着巨额欠款的他，搬到了这个三室、不需要交暖气费的房子里，和孟爷、夏凡分摊每个月一千五百块的房租，连认真交往个女朋友的勇气都没有。

孟爷买了很多啤酒。周琰一口可以喝下大半瓶，喘着一嘴酒气，心满意足地打一个响嗝。他忽然就问了大家一个问题：你们有梦想吗？

我和孟爷被突如其来的问题搞得摸不着头脑。

夏凡一咧嘴，轻蔑地笑了一声：我的梦想就是不再见到人渣。

一锅的被煮烂的青菜把汤汁染成绿色，因为房子没有温度的缘故，蒸汽越发疯狂地吹着每个人醉意微醺的脸。

周琰举着酒瓶子，轻轻地在锅子上面颤抖。

他说：我小的时候我妈喜欢看看抗日片，家里的电视里成天打鬼子，"啪"一个，"啪"一个，特别过瘾，所以我那时候的梦想是做一个将军，披甲挂帅，驰骋沙场。二十五岁那年，我妈住院了，我就想着，我妈能健健康康长命百岁，让我干什么我都愿意……再后来我妈去世了，我欠下一屁股债，不光一屁股，脸上身上全是债。我妈没了，女朋友没了，梦想也没了，有的时候我觉得我太难了，中午盒饭里连块肉也见不着。现在我就是想三十岁以前，可以还清所有的外债，然后坦坦荡荡地谈一次恋爱。

我一抬头，发现夏凡偷偷地擦眼泪。

那一顿火锅，我们从 2009 年吃到了 2010 年。因为没人去交有线电视费，所以没有跨年晚会，没有烟花，也没有一丁点暖气。

我们小心翼翼地搓着手、跺着脚，不停地往已经吃不出羊肉味道的火锅里加着水。那一刻，我们都知道被窝里比客厅要暖和得多，可是没有一个人愿意与这一锅湿漉漉的温暖互道晚安。

二

元旦后的一个周末，夏凡第一次主动敲我房间的门。我裹着被子爬起来，只露出一张带着眼屎的脸。

夏凡一脸羞涩，问我：你能不能告诉我……怎么找工作？

我有些诧异，夏凡是本科毕业，怎么连找工作也不会？我让她先回房间等我，洗漱完换好衣服，夏凡已经照我说的，打开了电脑端坐在她的床上等我。

那是我第一次进入夏凡的房间，在那之前，我觉得连往里面看一眼都会激怒她。

夏凡的房间整齐得有些过分，不知道是不是被刻意整理过了。不过所有的装饰和色调，都不像女孩子的喜好。桌椅是咖啡色的，窗帘和被单都是蓝灰色结合的，在储物柜的最上层，摆着一排火影忍者的塑胶玩偶。

我给夏凡找了几家正规的招聘和猎头网站，把它们统统收藏起来，给她示范：如果以后想找工作，点一下这里就可以。夏凡认认真真地看着，还用手机拍了照片。

给她示范完，夏凡给我沏了壶红茶。她说：我的红茶特别好喝，你尝尝。

我喝了一口，假装很会欣赏的样子，点点头，说：确实好喝。

夏凡对我的反应很满意，端着茶杯，把脚塞进一个电暖宝里，给我介绍什么时候该喝红茶，什么时候该喝绿茶，花茶和乌龙茶怎么样喝最养生。

夏凡很开心地讲着，但是这个话题对我这个对生活质量没过多要求的人来说，简直太枯燥乏味了。

过了一会儿，夏凡到客厅接了一个电话。回到房间的时候，她的脸色都变了。

我问她：你没事吧？

夏凡尴尬地摇摇头。她迅速从衣柜里翻出一个电脑包，把电脑关机塞进去，拉上拉链。刚要离开，又犹豫了一下，回过头把储物柜最上层的火影忍者的玩偶一个一个摆进包里。

不是扔，也不是塞。它们应该是被一丝不苟地摆进在电脑包里的最底层，整齐有序，一字排开。

夏凡套了一身好看的衣服，跑到楼下。出于强大的好奇心，我没有离开夏凡的房间，透过她房间的落地窗，可以看到下面站着一个面相好的男人。夏凡把电脑包递给他，又说了几句话，男人点点头，然后钻进车里，绝尘而去。

夏凡站在原地一动不动，望着男人的背影。许久许久，夏凡终于换了一个姿势，她往她的房间里我站的位置看了一眼。

夏凡回来后，把整个人窝在沙发里，显得十分沮丧。

我想安慰她，又不知道该说些什么。

夏凡抬起头，问我：你愿不愿意听一段无疾而终的爱情故事？

2007 年的时候，夏凡读大学四年级。她的家庭条件不算好，凭着一副好嗓子在酒吧驻唱。后来夏凡认识了姜华，有一天晚上，姜华为了跟夏凡表白，请满场酒吧里的人喝酒。

那天晚上，酒吧里一片沸腾。有人兴奋地举着酒杯在喊：祝你幸福！有人借着酒劲儿跳上舞台，随着音乐起舞。有人幸福地笑，笑着笑着流出了眼泪。

夏凡每天要唱四五首歌，或者更多，回宿舍的时间从凌晨十二点延迟到更晚。后来她就从宿舍搬了出来，同周琰和孟爷合租。

那时候他们三人每个人一间房，彼此相安。偶尔深夜，夏凡会把喝得烂醉的他也带回来。然后，就像我所看到的，夏凡把自己的房间换成了他爱的模样。

周琰说，爱情里静默欢喜、分分合合，没有谁好谁坏谁对谁错。缘分来了，就好好相爱；缘分走了，就珍重道别。

但有人与兽之分。

夏凡分手的那一天，周琰还是把那只兽海扁了一顿。

他把属于自己的物品整理出了一只箱子，夏凡窝在客厅的沙发里，捧着一堆火影忍者的玩偶，不停地哭，不停地哭。

那些限量版玩偶，是他请酒吧里所有人喝酒那一晚，酒吧老板送给他的赠品。

孟爷在一旁不住地叹气，周琰咬着烟屁股狠狠吸着。他拉着箱子要走，夏凡忽然站起身，火影忍者散落了一地。

他说：扔了吧……我总不能和一酒吧小姐结婚。

周琰将烟头扔到他脸上，把他按倒在地狠狠揍了一顿。孟爷在一旁狠踹他的屁股，喊：别打了，别打了！

那件事就发生在我搬来之前的半个月。我终于理解了夏凡的性格为什么那么冷僻。失恋期的人，尤其是女人，都觉得天下所有人都欠她的。

夏凡每晚涂着鲜红的嘴唇活在色调暧昧的夜场里，她不喜言谈，因为要把嗓子留给她钟情的音乐，纵然那里灯红酒绿，烟雾缭绕。

跨年的那天，周琰问大家的梦想是什么。梦想伟大又渺小，我们不知道要走多远多凶险的路途，才能触摸到。

那一年，我们都过着杯水车薪的窘迫生活，我们嚼着被煮烂的菜叶子谈着高不可攀的梦想，在冬天里跺着脚，"嗒嗒"声笼罩了深夜脆涩作响的钟表声。

它一针一针地疾行在周而复始的深夜，敲打着我们每一扇脆弱又坚强的心房。

春暖花开的时候，夏凡终于找到了一份工作——在一家比较大的公司里当前台。因为夏凡人长得漂亮身材好，声音又好听。最关键一点是，周琰的一个大客户是那个公司里能说上话的人。

有了工作以后，夏凡的性格变得越来越开朗可爱。我和孟爷陪她一起去十几公里以外的地方买了翠绿色的床单和长满太阳花的窗帘帮她换上。

夏凡脱了外套，不让孟爷插手，自己踮着脚尖去安窗帘。我和孟爷就在一旁看着，她把房间昏暗色的东西统统撤下来，整间房也变得明亮起来。

夏凡忙得满头大汗，脸上掩不住的兴奋。

我听见她在说：你好，新生活。

三

2010 年，我们每个人的生活好像都有了起色。我转正没过两个月就涨了工资。周琰一开春的时候就接下了一宗大单。孟爷说，如果这笔单拿到了提成的话，周琰的债务应该就基本还清了。他的梦想，就可以提前一年实现了。

孟爷好像比周琰还要激动。他说等他拿到了周琰还的钱以后，就请我们去泡温泉，泡完温泉去济南最贵的餐厅吃饭。

夏凡说：等等，我查查最贵的餐厅在哪儿。

好日子还没过一个月，大家的美梦还没做到一半，一个晴天霹雳不期而至。夏凡挤公交车的时候没给孕妇让座，被孕妇的同伴谴责。一气之下，夏凡起身往外挤，孕妇滑倒在地，流了很多血。

夏凡当即就吓傻了，然后被连续扇了几个巴掌。

我们跑到警察局的时候，夏凡吓得蜷缩成一团，脸被打得又红又肿，低着头一声不吭。周琰跑过去一把抱住夏凡，问：谁动手打的她？

孕妇的家人脸红脖子粗，几次三番从座位上跳起来要揍夏凡，都被警察制止住。

警察把我们拉到一边，说：她一直不说话，不承认错误也不辩解，我们很难办的。好在孩子保住了，你们最好去医院看看孕妇，尽量和她们家人和解赔点钱算了，不然这姑娘是不是需要治安拘留就很难说了。

周琰说：赔钱，多少钱我们都赔。

周琰的提成还没拿到，就先帮夏凡垫付了一笔不菲的住院费用。因为夏凡一直不肯认错，孕妇一直不出院，周琰赔付的费用也在不断攀升。

孟爷和我都劝夏凡，只要低一低头，就可以省很多很多钱。夏凡坚持称自己没有错，为什么要承认。

孟爷说：承认错误有什么损失，周琰在帮你赔钱呢！

夏凡仍然不说话。

我和孟爷都觉得夏凡倔强得不可思议。而周琰，从始至终没有责备夏凡，他劝我们也不要再指责夏凡了。

从警察局出来，周琰把自己的外套披到夏凡身上，一路扶着她：别怕别怕，我们回家。

夏凡的任性让周琰一下子从小康生活跌回了 2009 年的冬天。周琰、孟爷和我一周三次风雨无阻地去央求孕妇及家人，孟爷有他的特长，嬉皮笑脸油嘴滑舌，每天陪吃赔笑陪聊给孕妇讲段子。周琰除了赔笑，什么都干，洗衣服、买饭、陪床，足足一个月，孕妇终于同意出院。这场对于周琰来说的腥风血雨才算画上句点。

孕妇出院那天，我们大家都很高兴。

孟爷买了红酒说：我们吃牛排吧！

最后还是周琰从床底下请出他的宝贝锅子，涮火锅。那时的我们已经可以随心所欲地用羊肉卷填饱饥肠辘辘的肚皮。而且孟爷的酒，从啤酒升级到了红酒。

孟爷给我们每个人都倒了满满一杯，夏凡抿了一口，吐到纸巾上：不超过一百块吧？

孟爷那天喝了很多闷酒，人喝了酒话就多。

孟爷说：仙女，仙女夏凡，你觉不觉得你太任性了！就我们现在这种状态，能比乞丐好一点。承认错误有那么难吗？头往裤裆里一塞，就当放几声臭屁，"噗噗噗"这样，那么多钱就省下了！周琰本来可以还我的钱，被你这一闹，没了……

孟爷说"那么多钱"的时候，两只手臂从空中画了一个很大很大的圈。

2006 年孟爷借给周琰的钱，在当时可以付一套三室房子的首付，到了现在，付一套一室的首付都困难。说起来，孟爷只比周琰小一岁，也到了应该有房有车有老婆的年纪。

这几年，为了帮周琰早点还清欠款，孟爷把一些潜在客户统统介绍给了周琰。大家都只知道周琰难，其实孟爷的情况并不比他好到哪儿去。

周琰狠狠拍了孟爷一巴掌：少放屁！我这个月就把钱还你。

孟爷从马扎上跳起来：你说谁放屁？我……

我拉着孟爷的衣角：坐下坐下，都喝多了……大家都冷静点。

孟爷摇晃着身子往外走：我从前就是太不冷静了，我觉得吧……以后我应该冷静冷静了。

孟爷指着周琰：你不就是喜欢她吗？她有哪点好！你没听见姜华管她叫什么？叫小姐……

周琰跳起来，一拳抡过去。

春天来了，山河解冻，草木逢生。我们一辈子都祈盼着春天，因为到了这个季节，生命就会复苏。

周琰的一拳，就把我们的春天给抡回了冷风彻骨的冬天里。

孟爷顶着他被打肿的脸离开了。

他走的那天，周琰和夏凡都没有阻止他。孟爷没有什么行李，他把所有的衣服扔进一个破旧的箱子里，拉上拉链走出去，好像就和这个家再没有任何关系。

孟爷拉着箱子急匆匆地走了，门"砰"的一声狠狠甩过来。

周琰有些恍惚，问：他走了？

我的一行眼泪流下来，说：走了。

孟爷走了以后，家里的关系变得十分僵硬。原本就不爱说话的周琰和夏凡，被孟爷捅破了那一层窗户纸以后就更没有交流了。

夹在两个尴尬的人之间，我像空旷草原里的一只野猫，想逃跑，却不知道哪里才是我可以去的地方。

四

从那以后，周琰回家都很晚。

周琰不在，我和夏凡还能自在一些。主要是少了周琰，夏凡更愿意说话。我们把两边的窗户开着，暖风吹进来，我们就盖一张毛毯，窝在沙发里看韩剧。

夏凡的工作做得还不错，渐渐融入人群中的她也慢慢适应了白天的工作。因为她性格略傲慢，在单位几乎没有同事真正喜欢她，唯独有一个人……

夏凡对我说，有一个同事正在对她展开热烈的追求，送了她很多巧克力和鲜花。

她打开手机，给我看那些花的图片。

我别过头不看，替周琰着急。

我说：送花多了也好，可以扎成一个花圈了。

周琰下班回来，轻轻地敲门。夏凡立刻从毛毯中抽出身子，一溜烟地逃回自己的房间。

相比之下，夏凡更喜欢聊她在酒吧的工作，她说她喜欢站在台上拿着一只沉甸甸的话筒，闭上眼睛唱歌，可以把完整的情绪都带进歌里。

夏凡的歌唱得十分动人，她喜欢在洗澡的时候唱歌，在给我沏茶的时候唱，在梳头发的时候唱。她每唱一句，我都能感觉到一股从心底流出来的无处安放的热情。

只可惜，人生就是这样，不允许每一个人都肆意地存在，不允许每一个人都能按照他中意的方式去生活。夏凡是这样，我是这样，周琰也是这样。还有许多许多的人，更是这样。

生活与生存，不是只差一个字而已。有时差的，是一辈子的彷徨与无奈。

周琰拿到了提成以后，往孟爷的卡里打了二十万进去。他知道自己欠孟爷的已经不能用多给的十万块来衡量了，但目前能回报他的也只有这些了。

当年的十万块钱不知道能抵得过现在的二十万还是更多，但是孟爷还是坚持把多余的钱退给了周琰。

孟爷最初走的时候，我们猜最多一个星期他就会回来。后来一个星期变成了一个月，一个月变成了两个月。

直到 2010 年的夏天。

那年的夏天出奇的热，晚上睡觉的时候要被热醒几次，睡裙被打湿一次又一次。我和夏凡相互约好了，只要周琰一关上门，我们就把各自房间的门打开，温暖的过堂风吹过来，起码比房门紧闭要好一些。

七月末的一天，我下班回家，发现周琰带着两个工人在我和夏凡的卧室"吱吱"地钻起电钻来。周琰用这一个月的工资给我们买了空调。

我和夏凡都很开心。

周琰给我们买的是商场里功率最小、最便宜的空调，没有任何花纹，看起来笨笨壮壮，但那个夏天，它们好像是猴子派来的救兵，扇着一把芭蕉扇，让我们身子底下的火焰不再熊熊燃烧。

八月的一天，孟爷突然回来了。他和周琰坐在客厅里，桌子上摆了几碟凉菜和许多瓶啤酒。桌子底下，空酒瓶子横横竖竖散落了一地。

孟爷这次回来是道别的。父母在老家给他安排了相亲，孟爷这次回去结婚，或许以后就再也不会回来了。

那晚他们都喝了很多酒。孟爷希望我们能原谅他，一开始负气出走是真不想回来，后来想回来感觉有些难为情，现在想回来……已经回不来了。白天他办了离职手续，周琰帮他整理了他在济南的一切物品。

孟爷说：不要了，破衣烂衫的。

周琰偷偷把一张卡塞进孟爷的行李包里，小心翼翼地拍了拍，说：都是回忆，你回去以后好好看看，一定得好好看看。

没有孟爷的日子我们还是不尴不尬地生活。让我不明白的是，为什么周琰一直不表白，夏凡也揣着明白装糊涂。

然而随着时间的流逝，周琰和夏凡的关系有些缓和，或者说，几乎已经恢复到了那年的那个冬天，我们煮火锅要先喝一碗汤的日子。

那时候我们彼此相爱，像家人一样。

五

济南的秋天是我们最爱的季节,热了就脱一件,冷了就穿一件,不管什么样的天气,我们总能找到让自己舒服的方式。

而且在这个季节,有一件事情值得我们泪流满面——周琰终于提前完成了他的梦想,还完了他所有的欠款。

彼时的周琰差几个月就到三十岁,常年加班、心理压力大、喜欢抽烟,让周琰左手食指与中指间有些发黄,闻着有淡淡的烟焦味。近两个月来,周琰大把大把地掉头发,他索性把头发理成了利落的平头。

把最后一笔欠款从 ATM 机划走那天,我陪周琰去商场买了几套衣服和一双运动鞋。他提着几套过季款的衣服昂首挺胸、健步如飞,我在后面一路小跑跟着他。买完了衣服,周琰请我去喝咖啡,屁股一落到椅子上,周琰长叹了一口气。他跟我说:想花钱就能花的感觉,真好啊!

那是一个美妙到无法言说的下午。外面没有阳光,刮着阴冷的风,那家咖啡馆的下午茶难吃得要命。周琰东拉西扯说了很多话,说他母亲生病的那一年,他为了借钱给人家下跪磕头,为了挣钱陪客户喝酒一个晚上吐十回,说他穷得连一份带荤的盒饭都舍不得买。

　　几乎每天都会有人来催债，他每天要低三下四说很多话才得以安抚那些把钱借给他的人。他不是"借了你的钱就把你拉黑"的那一种人，但当每天半夜醒来想到自己糟糕的状况，就再也没有办法重新睡去的时候，他真希望自己是那一种人。起码那样活得不用太累。

　　想做一个好人，难。但其实有的时候，想做一个坏人，更难。

　　服务员送咖啡的时候不小心洒到了他的衣袖上，年轻的服务员一脸紧张，周琰笑着挥挥手，说：没事没事，已经没事了。

　　我和周琰都往窗外看了一眼，济南的空气浑浊，一刮起风来更加昏天暗地。可是我们都笑了，再昏暗的日子，也过去了。

　　国庆节的时候，周琰用信用卡积分兑换了一次租车服务，拉着我和夏凡去爬了一次泰山。因为有一个周末，我们在家看电视看到泰山封禅大典的时候，夏凡说：你们说我来山东这么多年是不是白来了，我连泰山都没去过。

　　周琰把车开到了一个叫天外村的地方，从这个地方坐缆车上山，比从泰山正门爬上去，要少走很多山路。

　　周琰说，其实从正门进去才算正儿八经地爬山。可是，你们怎么看起来也不像正儿八经爬山的样儿。

　　通往南天门的十八盘陡峭狭窄，周琰一会儿拉着我，一会儿去扶夏凡。

　　不爱说话的夏凡喘着粗气不停地讲话。她说她的老家也有这么一座陡峭的山，回家的时候，她要爬一段山路再蹚过一条河。后来有人在河上建座桥，她跟着全村子的人一起欢呼，跟开国大典那天似的。

　　再后来，她考上了大学，四年里她只回过两次家，因为她走惯了城里宽阔的大马路，就再也不想风尘仆仆地穿过那座山、蹚过那条河了，哪怕那座桥再宽厚结实。

　　站在泰山顶往下看，连绵的群山磅礴恢宏，让人顾不得忌惮。这样的山脉和大海有同样的作用，大海可以容纳你所有的情绪，不管是好的还是不好的，大山把你的苦愁抛到九霄云外去。

　　夏凡轻轻揽过周琰，踮起脚，狠狠地吻了他。

　　我被吓得目瞪口呆，正想转过身，我听见夏凡说：周琰，你去好好地谈场恋爱吧。我们……也应该散落在天涯了。

　　从泰山回来的第三天，夏凡搬走了，搬去和那个送花的男同事一起住。夏凡说，她应该会和他结婚，结不了也没关系，我们都还年轻。

我的感觉终究还是没有错，夏凡是个冷酷怪僻的女孩。她走了以后，换了工作和手机号码，再也不跟我和周琰联系。

以孟爷的话说，这是座屁大点的城市，但是夏凡却有本事把自己严严实实地藏了起来，从此各安天命。

夏凡走了以后，我们也没再把她的房间给其他人住。可是哪怕再好的朋友，一男一女合租的关系总觉得尴尬了些。

那一年冬天，我和周琰的经济状况都好了一些，商量着各自租套有暖气的单人公寓。周琰先帮我找到了合适的房子搬了家，我问他：你什么时候搬？

周琰说：再等等吧。

我多多少少能猜出来周琰在等什么。寻觅不到一个人，唯一的办法就是在原地等。

周琰又在那个没有暖气的房子里挨了一个冬天，他终于没有等到夏凡回来。后来，他搬家的时候我把孟爷也叫了回来。

孟爷回来的时候意气风发的，掩饰不住的高兴。孟爷他当爹了，孩子还在妈妈肚子里，两个月大。

那天我们在周琰的新房子里煮火锅，孟爷买了好多好多羊肉和红酒。把那年冬天我们买不起、舍不得吃的东西，从今往后，一样一样找回来。

孟爷当了爹以后学乖了很多，我以为他会念念叨叨说一些夏凡的事，比如她傲慢无礼和冷酷，比如她自私势利没人情……

结果孟爷什么也没说。

我也永远不会告诉周琰，有一天晚上，夏凡埋着头哭，说她永远也不会跟周琰在一起，因为姜华说的是真的。为了学费，那么肮脏的事情她干过，只有一次，但是已经足够让她今生都没有办法走进周琰的世界。

夏凡说，因为我爱他。

2014年，周琰结婚了。对象是一个私立幼儿园的老师，长得小巧玲珑，十分甜美。

那一年周琰升了经理，日子好了很多，却也没有多发达，甚至连房子也没买，只买了一辆二手车，熙熙攘攘穿梭在城市里，努力而顽强地谋生。可是那女孩子轻轻挑起婚纱摆尾的样子，温柔得让人感动。

不知道夏凡有没有结婚，或者她已经结婚生子，过着自己美满的小生活，充实又幸福。

我们曾经在慌乱的年头里散落在天涯边，无论过了多少年，无论走了多少路，我们永远会记得有一年冬天里没有暖气，我们围坐在翻滚沸腾的火锅旁，空气湿漉又温暖，我们相亲又相爱。

后记 / 故事是你讲给我听的生活

2015 年 5 月的一天，我和万榕书业的韩老师坐在济南的一家小餐馆谈这本书出版的事。我们两个人大鱼大肉点了一桌子菜，我们一边吃一边督促对方：多吃点，剩下怪浪费的。

我们谈得很顺利，大概用了将近一刻钟的时间把出版的事情谈完，剩下的几个小时我和韩老师都在闲聊。很庆幸的是，韩老师好像没有很"博学"，如果他跟我聊什么政治历史刘慈欣，可能我早就睡着了。我们聊的话题很轻松，谈谈生活，讲讲故事。

2014 年的时候，我决定从我身边的朋友下黑手，把他们的故事写下来。

经常有读者问我：你写的这些故事是真的吗？

一般别人这么问的时候我都不回答。

怎么回答？说是真的，是骗你。说是假的，也是骗你。所以我在骗与骗之间选择：我不告诉你。

为什么这么说呢？我举一个例子。

这本书里有个故事，主人公叫土狗，我的高中同学，也是我十分要好的朋友。高中毕业阔别许多年之后，我们重遇，他嬉皮笑脸告诉我他刚从号里面出来，连微信都不会玩。

后来他成了一个非常敬业的二道贩子，卖海鲜卖车，除了再也不干犯法的事，基本上你想买什么找他都能买到。

我问他：你能作为一个有故事的男同学出现在我的故事里吗？

土狗说：能。

后来就有了这篇故事，其实我偷了点懒，写完了以后不知道该起什么名字，索性就用他的网名吧，叫《走丢的土狗》。

土狗看完以后心情有点复杂，问我：这是我吗？

我说这不是你是谁呢？

土狗说：原来在你眼里我是这个形象呢。

是啊土狗，你给了我你的生活，我给你一个你所不曾读过的故事。

生活远比故事精彩，我能做的，就是把它们平平淡淡地写出来，像一个不会说书的说书人，我静静地讲，你慢慢地听。

到最后，你才发现，写你的那一篇故事不是你，又或者其实每一篇故事都是在写你。生活就是这样千篇一律，你立在窗口默默地看着它，一阵轻风吹来，窸窸窣窣翻开你的衣角，你抬起手指掸了一下它，才看见衣角下面有一枚轻浅的唇印。

也许你会内心泛起波澜，你会泪流满面。但最终你还是抚平了胸腔，擦干了眼泪，合上我的书，去过你也许憧憬却驾驭不了的生活。

生活的魅力不就是在这里吗？每走一步，都不知道方向对不对。每一次启程，都不知道那是不是你要的远方。

就前两天，土狗注册了个贸易公司。我真替他感到高兴，他终于可以昂首阔步做一个合法的二道贩子了。

我有个微信公众号，叫"绒绒和她的故事"。有时候写完故事以后连错别字都不改就往上发。有人说你连错别字都不改，取关。我说这没办法，性子急。

我是二十集的电视剧一个周末必须看完的那种人。所以我坚信自己绝对不会移民到美国韩国，遭不了一周更新两集的罪。

扯远了，还是说我的故事。

我在公众号的后台上常常会收到一些感人肺腑或者平淡无奇的故事。有一个男孩，他说他在去西藏的路上爱上了一个离过婚的女人。女人非常爱他，但常常会照顾她的前夫，洗衣服做饭打扫房间。男孩受不了那种暧昧不清的关系，所以决定和她一刀两断。

还有一个女孩，异地恋谈了五年多，光飞机票钱够在二线城市买个厕所了。只是谁都不愿意放弃手里的一切到对方的城市工作生活，分又舍不得分，就这么僵持着。

说痛苦吧，谈不上。

说幸福吧，也不是。

他们都想让我把他们的故事写出来，来纪念一下这段该死的爱情。

再说 2015 年 5 月的那一天。

韩老师不爱吃鱼，我也不爱吃。一条硕大的糖醋鲤鱼摆在我俩面前，昂着头、翘着尾，我俩一筷子都没动。

韩老师说：你吃啊。

我说：你吃啊。

济南当地最著名的鲁菜之一，它怎么也不会想到，有朝一日会遭受如此奇耻大辱。

后来我问韩老师：他们都问我，故事是不是真的。你相信是真的吗？

韩老师一抬头：相信啊，为什么不信？

我回到家里给韩老师发信息：书，出吧。

最后还是想说，感谢给我讲述生活的人，感谢韩老师相信它们真实存在，感谢能看到这本书的人。

其实能做一个写故事的人是挺幸福的一件事，你听到那么多没经历过的生活，不管是辛苦还是甘甜，都是你不曾到达的曾经。

绒 绒